KB121350

무림세가
전생랭커

**무림세가 전생랭커 14** 완결

2023년 5월  4일 초판 1쇄 인쇄
2023년 5월 10일 초판 1쇄 발행

**지은이** 산보
**발행인** 강준규

**기획** 이기헌 왕소현 박경무 강민구 조익현
**책임편집** 천기덕
**마케팅지원** 이원선

**발행처** (주)로크미디어
**출판등록** 2003년 3월 24일
**주소** 서울시 마포구 마포대로 45 일진빌딩 6층
Tel (02)3273-5135  Fax (02)3273-5134
**홈페이지** rokmedia.com  **E-mail** rokmedia@empas.com

ⓒ 산보, 2021

값 9,000원

ISBN 979-11-408-1004-8 (14권)
ISBN 979-11-354-9773-5 04810 (세트)

산보 신무협 장편소설

14
완결

무림세가
전생렝커

ROK
MEDIA
로크미디어

# 차례

# 1장

차원의 틈새로 들어간 유신운은 저항할 새도 없이 낭떠러지로 떨어지는 것처럼 끝없이 낙하했다.

그와 동시에 차원의 균열에 가득한 비틀린 기운이 유신운을 유린하기 시작했다.

기운이 마치 의지를 가진 듯, 유신운의 혼과 육체를 모두 갈가리 찢어발기려 하고 있었다.

하지만.

'우습군.'

유신운은 공포에 떨지 않았다.

표정은 여유만이 감돌고 있었다.

스아아!

그 순간, 낙하하던 유신운의 전신을 미지의 기운이 감싸기 시작했다.

유신운이 유일랑의 희생으로 새롭게 얻은 힘.

차원의 근원이자 태초의 기운인 '원기(元氣)'였다.

콰르르!

원기가 맹렬히 폭발함과 동시에 유신운을 파고들던 기운이 반대로 소멸해 가기 시작했다.

엘더 드래곤과의 싸움에서 초월자의 영역에 들어선 유신운이 차원의 법칙 마저 뭉개 버리고 있었다.

'좋아. 조금만 더하면 온전히 모든 힘을 가져갈 수 있겠는데?'

유신운이 압도적인 승리를 점쳐 가던 그때.


[초월자가 지닌 힘이 너무 강대합니다.]

[비상 프로토콜을 실행합니다!]


불현듯 귓가에 너무도 익숙한, 무기질적인 목소리가 들려왔다.


[인터페이스 시스템이 최대치의 억제가 불가하다고 판단.]

[최소치의 봉인만을 적용한 후, 초월자를 강제 배제합니다.]

'이런!'

유신운이 불길한 징조를 눈치채고 미간을 찌푸렸다.

다음 순간, 눈앞의 세상이 부서지듯 일그러졌다.

콰앙-!

거대한 폭발과 함께 유신운이 차원의 틈새에서 알 수 없는 세계로 배출되었다.

피유융-!

튕겨 나간 유신운이 그대로 유성처럼 지상으로 내리꽂히고 있던 그때.

허공에서 유신운이 몸을 비틈과 동시에 한 줄기 섬광이 번뜩였다.

그리고 놀랍게도.

처척.

유신운은 그 작은 몸놀림 하나로 근처의 동굴 속에 작은 충격도 없이 착지하여 있었다.

"쯧, 시스템도 어지간히 급했나 보군."

별일도 아니라는 듯, 유신운은 가볍게 혀를 차며 주변을 훑었다.

'호오.'

곧이어 그는 한눈에 자신이 불시착한 곳이 어디인지 알아차렸다.

중국에서 날아오는 미세먼지를 고농도로 압축시켜 놓은

것 같은 매캐한 공기.

곳곳에서 느껴지는 몬스터들의 오염된 마나.

'게이트 안이로군.'

비틀린 세계, 게이트의 내부였다.

스아아.

미쳐 날뛰던 기운을 순식간에 갈무리한 유신운은 잠시 생각에 잠겼다가.

씨익.

보는 이를 소름 돋게 하는 섬뜩한 미소를 지어 보였다.

'배출 지점은 랜덤이었던 거 같은데…… 이 정도면 꽤나 잘 풀렸군.'

정보가 통제되는 게이트 안이 아닌 도시 한복판에서 나타났다면 아무래도 그리핀 길드의 정보망에서 벗어나지 못했을 것이다.

이렇듯 안도하는 것은 물론 그리핀 길드가 두렵기 때문이 아니었다.

"복수를 그리 싱겁게 해 줄 수 있나."

유신운이 이 세계에 온 목적은 두 가지였다.

첫 번째는 도망친 엘더 드래곤의 혼을 붙잡아 유일랑이라는 존재를 회생시키는 것.

두 번째는 빙의 전의 자신을 처참히 죽였던 그리핀 길드의 완전한 소멸이었다.

그리고.

유신운은 두 복수 모두 상대의 뼛가루를 모두 씹어먹을 정도로 잔혹하게 진행할 생각이었다.

살기 어린 눈빛을 쏘아 내던 유신운은 나직하게 입을 열었다.

"상태 창."

일단 현재 자신의 상태를 정확히 알아보기로 했다.


[플레이어 : 유신운 / 강태하]

레벨 : ∞ / 일시적 제한(Lv. 220 / 생사경 상급)

특성: 사령술(EX+ → SSS+), 무골 '초월신(超越身)'(EX+ → SSS+)

힘: 측정 불가

민첩 : 측정 불가

체력 : 측정 불가

마력 : 측정 불가

스킬 : (펼쳐 보기)

－현재 보유 스킬이 너무 많습니다.

현재 보유 권속 수 : ∞

－사용이 제한된 스킬과 권속이 일부 있습니다.


무려 레벨이 220. 무위는 생사경 상급이었다.

무림에 빙의할 때는 모든 힘을 봉인당하고 강제적으로

Lv. 1로 추락했었지만.

이번에는 최소치의 봉인이라는 설명 그대로 약간의 제한 말고는 모든 힘이 그대로 유지된 상태였다.

하지만 그럼에도 유신운의 표정에는 영 만족스럽지 않다는 감정이 그대로 표출되고 있었다.

'정말 아쉽군. 조금만 더 시간이 있었다면…….'

한데 그럴 만도 했다.

유신운은 시스템이 붙여 준 초월자라는 명칭처럼, 생사경을 넘어 측정하는 것이 불필요한 입신(入神)의 영역에 이미 올라섰었기 때문이었다.

"뭐, 짧은 여흥이라 생각하는 수밖에."

아쉬울 뿐이지, 심각한 문제는 아니었다.

체내의 원기가 지금도 시스템의 제약을 실시간으로 해제하고 있었기 때문이었다.

그렇게 유신운이 시간이 알아서 해결해 주리라 생각하며 게이트를 빠져나가려던 그때였다.


-까아!


유신운이 펼친 기감의 영역에 누군가의 비명이 울려 퍼졌다.

'타이밍 좋군. 현재 상태를 실험해 보고 싶었는데.'

생각을 마침과 동시에 유신운이 가볍게 진각을 밟으며 몸을 날렸다.

　콰르릉!

　거대한 벽력성과 함께 지축이 뒤흔들렸다.

　그리고 잠시 후.

　'지겨운 레파토리군.'

　순식간에 도착한 유신운의 눈앞에는 전생에 지겹도록 많이 본 장면이 펼쳐져 있었다.

　"아, 아티팩트는 모두 넘겼잖아요! 왜, 왜 이러세요?"

　"흐흐! 아가씨, 아티팩트가 문제가 아니라니까?"

　중년 사내가 쓰러진 젊은 여자를 보며 군침을 흘리고 있었다.

　유신운의 얼음장처럼 차갑게 식은 눈빛이 음심(淫心)에 젖은 남자에게 향했다.

　'적당히 반신(半身) 정도만 날려 놓고 생각할까.'

　스아아!

　두 사람이 전혀 눈치채지 못하게 유신운으로부터 **뻗어나**간 그림자가 바닥을 뒹굴던 단검을 집었다.

　그리고 미미한 기운만을 담아 그대로 던졌다.

쐐애액!

푸푹!

"크아악!"

중년 사내가 비명을 질렀다.

단검은 어깨에 깊숙이 박혀 있었다.

"흠, 힘의 제약은 어쩔 수 없나 보군."

유신운이 천천히 모습을 드러냈다.

몸통을 날려 버리려 했는데 어깨에 꽂히는 것에 그친 것이 영 만족스럽지 않았다.

제약을 해제하느라 구 할 구 푼의 원기를 사용하고 있기에 생긴 문제인 듯했다.

중년 사내가 갑자기 나타난 유신운을 보며 방방 날뛰었다.

"크윽, 이 개자식이! 감히 내가 누군지 알고……!"

우우웅!

마력을 머금은 중년 사내의 해골 스태프가 음험한 빛을 발했다.

스으으!

따닥!

다음 순간, 열 구의 스켈레톤 아처가 지면의 소환진에서 모습을 드러냈다.

처척!

스켈레톤 아처들이 일제히 들고 있는 석궁을 유신운에게

겨누었지만, 유신운은 조금도 신경 쓰지 않았다.

"인과율을 뭉개 버리고 모든 힘을 되찾으려면…… 흐음, 이 주 정도인가."

그저 자신의 기운이 완전히 돌아오는 순간을 가늠해 볼 뿐이었다.

하지만 다음 순간, 중년 사내의 입에서 나온 한마디가 유신운의 정신을 다시금 현실로 끌고 왔다.

"감히 대(大)그리핀 길드의 헌터를 습격하고도 네놈이 멀쩡할 것 같으냐!"

"……그리핀?"

일순간, 유신운의 눈동자가 염왕(閻王)의 그것처럼 섬뜩하게 타올랐다.

하지만 중년 사내는 그 변화를 조금도 눈치채지 못했다.

중년 사내는 유신운이 겁을 먹었다고 생각했는지, 도리어 의기양양하게 소리쳤다.

"그래! 내가 바로 세계 제일의 길드의 그리핀의 7조 부조장……! 흐, 흐흡!"

우웅!

우우웅!

유신운의 원기가 요동침과 동시에 스켈레톤 아처 따위와는 비교도 되지 않는 소환수들이 모습을 드러냈다.

"히, 히익!"

중년 사내가 전의를 상실하고 제자리에 쓰러졌다.

척, 처척.

"괴, 괴물! 오, 오지 마!"

유신운이 한 발짝씩 놈에게 다가갈 때마다 중년 사내가 발작을 하며 소리쳤다.

한데 그때, 갑자기 젊은 여자가 무언가를 감지했는지 유신운에게 다급하게 소리쳤다.

"저, 적이 더 와요!"

투다다!

그 말이 끝남과 동시에 유신운의 반대편에서 수많은 발소리가 울려 퍼졌다.

"이 멍청한 녀석이 빨리 데리고 오라니까……! 또 무슨 헛짓거리를 하고 있는 거야?"

"조, 조장님!"

"뭐, 뭐야? 저건?"

"적이다! 모두 전투 준비!"

수십 명에 달하는 중년 사내의 동료 헌터들이 각자의 무기를 꺼내 들었다.

젊은 여자가 다급하게 몸을 일으켰지만.

"저, 저도 돕겠……! 으응…….."

"그냥 자고 있는 게 도와주는 거다."

유신운이 가볍게 손을 들어 올리자 그대로 정신을 잃고 다시금 쓰러졌다.

원기를 받아 흑골(黑骨)로 변한 스켈레톤들이 그녀를 데리고 뒤로 이동했다.

'저 스켈레톤들은 뭐고, 저놈은 또 뭐야?'

생전 처음 보는 검은 스켈레톤들에 조장은 알 수 없는 위압감을 느꼈다.

하지만 이대로 물러날 수는 없었기에, 마나를 끌어 올리며 백발의 의문인에게 크게 소리쳤다.

"저년과 어떤 관계인지는 모르나 그리핀에게 대적하는 자가 어떤 꼴이 되는지 모르는……!"

"죽여."

유신운은 조금도 망설이지 않고 소환수들에게 공격을 명령했다.

파바밧!

촤아아!

검은 스켈레톤들이 전광석화와 같은 속도로 적들에게 쇄도했다.

그리핀 길드의 정예 헌터들은 모두가 1천 위권 안의 랭커들로 구성되어 있었다.

쐐애액!

서거걱! 서걱!

"마, 말도 안……!"

"소, 속도가! 크아악!"

하지만 그들 중 어느 누구도 스켈레톤들의 속도를 눈으로조차 따라가지 못했다.

스켈레톤들이 각자의 무기를 휘두르자 곳곳에서 피 분수가 솟구쳤다.

그에 헌터들은 다급하게 각자의 능력에 따라 모든 공격 스킬을 퍼부었지만.

"히익!"

"이, 이게 무슨……?"

그 어떤 마법도, 오러 블레이드도, 스켈레톤의 뼈를 꿰뚫지 못했다.

스켈레톤들의 텅 빈 눈에서 타오르는 푸른 안광이 닿는 곳마다 죽음이 내려앉고 있었다.

"이 멍청한 놈들아! 스켈레톤은 무시하고 술사를 죽이란 말이다!"

조장이 악을 질렀지만 이미 죽음의 공포에 패닉 상태가 된 헌터들은 어찌할 바를 모르고 우왕좌왕하다가 죄다 목이 잘려 나가고 있었다.

파바밧!

조장이 피가 배어 나올 정도로 이를 악물며 유신운에게 달려들었다.

'어디서 마력 저항이 뛰어난 소환수들을 얻었는지 모르겠

지만! 사령술사 따위 베어 넘기면 끝이다!'

암녹색의 기운이 흩날린 순간, 조장의 신형이 이내 아지랑이처럼 사라졌다.

조장은 베놈 어쌔신이라 이름 붙은 히든 직업을 지니고 있었다.

고위 프리스트조차 해독하지 못하는 치명적인 맹독 스킬을 지닌 암살자였다.

파아앗!

사라졌던 조장이 유신운의 등 뒤에서 느닷없이 나타났다.

'됐다!'

조장은 속으로 쾌재를 불렀다.

이대로 살아 있는 듯 꿈틀거리는 맹독이 발린 클로를 상대의 목에다 꽂아 넣으면 모든 것이 마무리되기 때문이었다.

한데 그때였다.

'……?'

먹잇감을 확인하던 조장의 두 눈이 무슨 이유에선가 당황으로 물들었다.

분명히 자신이 몸을 날리기 전에는 텅 비어 있던 상대의 손에.

'……낫?'

거대한 병기가 들려 있었던 까닭이었다.

놈이 인지하지도 못한 찰나의 순간.

쐐애액!

유신운이 보패, 융독겸이 벼락처럼 내리꽂혔다.

서거걱!

꾸르르!

섬뜩한 절삭음과 함께 융독겸의 날에 닿은 조장이 검은 핏물로 녹아내렸다.

세상의 모든 독이 담긴 융독겸의 권능이 발휘된 것이다.

그렇게 자신의 수장이 허무한 죽음을 맞이하자, 그리핀의 헌터들은 하얗게 질린 얼굴로 품속에서 비상 탈출 스크롤을 꺼내 들었다.

하지만…….

"왜, 왜?"

"으아아아! 살려 줘!"

비상 탈출용 스크롤은 어떠한 반응도 보이지 않고 있었다.

유신운이 미리 원기를 통해 모든 마력의 흐름을 막아 놓았기 때문이었다.

푸푹!

서거걱!

학살에 가까운 살육이 이어졌다.

공포에 질린 헌터들이 무기를 내던지고 유신운을 향해 무릎을 꿇고 빌기 시작했다.

"뭐, 뭐든지 다 할게. 제발 살려 줘!"

"아니, 괜찮아."

그러나 이어진 유신운의 한마디에.

"어차피 죽어도 다 알 수 있거든."

모든 이들의 표정이 절망으로 물들었다.

꿀꺽.

차리세는 잔뜩 긴장한 얼굴로 침을 삼켰다.

떨릴 만도 했다.

올해로 스무 살이 되는 동안 단 한 번도 외간 남자의 방에 들어온 적이 없었으니까 말이다.

하지만 아쉽게도 방 안의 분위기는 핑크빛 로맨스 따위와는 현저히 동떨어져 있었다.

차리세가 얼어붙은 채로 방안을 몰래 훑었다.

'집이라고 하기에는…….'

회색으로 물든 방 안에는 가전제품이 단 하나도 없었다.

가구도 거실 한복판에 덩그러니 놓인 소파 두 개와 침실의 침대가 전부였다.

몇 년은 그대로 방치되어 있었는지 곳곳에 수북이 쌓인 먼지는 이곳을 더욱 을씨년스럽게 만들고 있었다.

'그래, 이곳은 분명히 아버지에게 들었던…….'

평범한 가정이 아닌 헌터 가문에서 자라온 그녀는 이곳이 어떤 장소인지 금세 깨달을 수 있었다.

암살자 같은 위험한 존재들이 추격을 피해 잠시 자신의 모습을 숨기기 위해 마련하는, 흔히 '안가'라고 불리는 은신처이리라.

"차리세라고 했나?"

그러던 그때, 중저음의 남자 목소리가 방 안에 울려 퍼졌다.

"예, 예."

그에 깜짝 놀란 차리세가 급하게 대답했다.

한편의 방문이 열리며 차가운 인상의 젊은 사내가 모습을 드러냈다.

'꿀꺽.'

그녀는 다시금 침을 꼴깍 삼켰다.

그랬다.

지금 차리세를 이토록 긴장케 만들고 있는 것이 바로 눈앞의 남자였다.

게이트 안에서 그녀를 구해 줬던 의문의 사내는 입고 있던 중국의 전통 복식 같은 것을 벗고 깔끔한 흰 셔츠에 검은 바지로 갈아입은 상태였다.

'……이렇게 보면 그냥 나랑 나이도 얼마 차이가 안 나는 것 같은데.'

또래로 보이는 그 모습에 차리세의 눈에서 잠깐이나마 경계의 빛이 누그러지려던 찰나.

그녀는 상대에게 들키지 않게 작게 고개를 흔들었다.

'아니야! 정신 똑바로 차리자, 차리세!'

겉모습에 속아선 안 됐다.

아직도 두 눈에 선명하게 떠오르지 않던가.


–으아악!

–제, 제발 살려–! 끄컥!


오싹.

게이트 속에서 저자가 벌였던 잔혹한 살극을 떠올리자 닭살이 돋았다.

물론 자신에게 몹쓸 짓을 하려던 이들이었기에, 그들에게 일말의 동정 따위는 없었다.

하지만 누군가를 '죽이는' 일을 마치 숨 쉬는 것처럼 너무나 익숙하게 행하는 남자에게 본능적인 두려움을 느낀 것이었다.

그리고 그렇게 육식 동물을 앞에 두고 잔뜩 겁먹은 토끼 같은 차리세를 가만히 지켜보던……

'정신 똑바로 차리자고 다짐하고 있는 것 같군.'

유신운이 피식 웃으며 말을 꺼냈다.

"그리 겁먹을 필요 없어. 아직 해코지할 생각은 없으니까."

"……아, 아직이라니요?"

유신운의 장난기 어린 말에 차리세가 히익, 하며 작게 신음을 흘렸다.

헌터임에도 아직 자신의 감정을 완전히 숨기지 못하는, 그녀는 제 나이 또래의 어리숙한 모습이었다.

'분명 평범한 신분은 아니야.'

아직 유신운은 그녀의 정체를 알지 못했다.

학살한 그리핀 헌터들의 기억을 모조리 헤집어 보았지만, 표적을 무조건 생포해 오라는 명령만을 확인할 수 있었다.

-그, 그어어.

"으아악!"

눈앞의 여자에 대한 정보를 살펴보려는 순간, 그들에게 걸려 있던 금제 스킬이 발동되어 그들은 모조리 불길에 휩싸여 재가 되어 버렸기 때문이었다.

'당사자한테 들어 보는 수밖에.'

스아아!

유신운의 눈동자에 원기가 일렁이기 시작했다.

'현혹 정도면 되겠지.'

현혹은 유신운이 지닌 정신계 스킬 중 가장 랭크가 낮은 기초 스킬이었지만.

음의 마나가 아닌 원기로 발휘되는 현혹 스킬의 힘은 한계를 아득히 뛰어넘어 있었다.

S급 몬스터조차 1초 만에 제압해 버릴 정도로 말이다.

"으, 으윽!"

유신운과 눈이 마주치자마자 몽롱해진 차리세가 연신 신음을 흘렸다.

스아아!

그녀의 전신에서 천천히 연두빛의 기운이 피어오르고 있었다.

그 기운의 파장을 유심히 바라보던 유신운의 눈에 이채가 떠올랐다.

'본 적이 있는 기운이군.'

정신계 저항에 특화된 기운과 '차씨'라는 단서.

그녀의 정체가 짐작이 갔다.

유신운은 천천히 자신의 힘을 거두었다.

기운을 조금만 더 상승시키면 정신을 완전히 제압할 수 있었지만 굳이 그러지는 않았다.

'그랬다가는 이지를 상실하고 인형이 되어 버릴 테니까.'

힘을 푼 유신운은 차리세의 맞은편 소파에 천천히 걸어가 앉았다.

"허억, 헉……! 이, 이게 무슨……?"

알 수 없는 기운이 자신의 내부를 모조리 헤집고 지나간 것 같은 끔찍한 느낌에 정신을 차린 차리세가 당황한 기색을 숨기지 못했다.

하나 유신운은 그녀가 진정될 때까지 여유를 주지 않았다.

"권왕(拳王)의 딸인가?"

"그, 그걸 어떻게?"

유신운의 말에 차리세가 저도 모르게 대답했다가 헉, 하며 자신의 입을 가렸다.

권왕은 화이트웨일 길드의 수장인 차명진의 이명(異名)이었다.

화이트웨일은 경기도에서 활동하는 톱 티어의 길드로, 전생에서 무소불위의 권력으로 온갖 패악질을 벌이던 그리핀에 정면으로 맞서던 몇 안 되는 대형 길드 중 하나였다.

'……본의 아니게 사냥개 시절에 피해를 많이 줬지.'

그리핀의 회장 여조규가 화이트웨일을 눈엣가시로 생각했기에, 온갖 일에 악착같이 훼방을 놓다가 말미에는 권왕과 직접 맞서기도 했다.

'당시에는 무승부였지.'

그때는 아직 불사왕이란 이름을 달기 전이기는 했지만, 중년의 아저씨라고 느껴지지 않을 정도로 강력했던 기억이 남아 있었다.

한데 그렇게 기억이 떠오르자 의아한 점이 있었다.

"권왕의 딸이 왜 호위 병력도 없이 그리핀의 일개 조장 따위에게 쫓기고 있는 거지?"

유신운의 말에 차리세는 아무런 대답도 하지 못했다.

'무슨 일이 있기는 있었나 보군.'

아무래도 유신운이 무림에 가 있던 지난 몇 년간 이곳에서도 많은 변화가 있었던 것 같았다.

화이트웨일은 돈이 되는 기업들의 사설 의뢰보다 인명구조를 최우선시하는 길드였다.

그로 인한 경기도 시민들의 압도적인 지지 때문에, 그리핀조차 뒷공작을 펼칠 뿐 정면에서는 건들지 못했었다.

그런데 그리핀의 핵심 임원인 '칠성좌(七星座)'도 아닌 한낱 조장 따위가 차기 후계자를 대놓고 납치하려 한다는 것이 쉽사리 이해가 가지 않았다.

그때, 한참을 침묵을 지키던 차리세가 힘겹게 입술을 뗐다.

"……목숨을 구해 주신 것은 정말 감사드리지만, 그건 말씀드릴 수가 없어요."

그러자 유신운은 고개를 끄덕이며 대답했다.

"그래, 알았다. 그럼 이만 나가라."

"예, 예……?"

당황한 차리세를 무시하고 자리에서 일어난 유신운이 현관으로 터벅터벅 거침없이 걸어갔다.

갑작스러운 축객령에 차리세는 안절부절못하고 있었다.

"자, 잠깐만요."

"힘들게 구해 줬더니 이유도 못 말해 주겠다는데 난들 어쩌나. 이만 쉬게 나가라."

"그, 그래도 이렇게 갑자기……."

삐비비, 빅.

경쾌한 도어락 소리에 차리세가 어쩔 줄 몰라 하며 말했다.

"자, 잠깐만요! 이 이상 아셨다가는 다치실 수 있어서 말을 안 한 거란 말이에요."

처척.

그때 유신운이 하던 동작을 멈췄다.

그러곤 뒤를 돌며 어이가 없다는 표정으로 말했다.

"그리핀 따위가 나를?"

"……!"

오만함을 넘어 광오하기까지 한 발언.

한국을 넘어 세계 전체를 주무르고 있는 그리핀을 저렇게 말할 수 있는 이가 어디에 있을까.

'이 사람은 대체…….'

하지만 차리세는 왠지 모르게 그 모습에 더욱 커다란 믿음이 생겨나고 있었다.

유신운은 천천히 그녀에게 다시 돌아오며 말했다.

"그냥 말해. 공공의 적을 지니고 있어서 묻는 거니까."

"……!"

유신운의 입에서 나온 '공공의 적'이라는 말에 그녀의 눈이 터질 듯 커졌다.

그리핀에 대한 압도적 적의.

게이트 안에서 보았던 상식을 벗어난 위용의 사령 소환수들의 모습.

그녀 또한 유신운의 정체를 유추하고 조심스레 말을 꺼냈다.

"……당신은 불사왕(不死王)의 진전을 이은 분인가요?"

"진전이라……. 뭐, 그렇다고 볼 수 있지."

사실 본인이었지만, 굳이 그런 사정까지 말해 줄 필요도 없었고 아직 그녀에 대한 믿음이 없었기에 유신운은 능청스럽게 거짓말을 했다.

'역시 불사왕이 은밀히 키운 제자였던 거야!'

이어 차리세는 불사왕 강태하의 제자라면 말을 해도 상관없으리라 생각하고는 눈을 질끈 감고는 말을 꺼냈다.

"……일 년 전이었어요."

지금으로부터 일 년 전, 그리핀은 화이트웨일을 합병하기 위해 권왕에게 천문학적인 수준의 금액을 제시했다.

불사왕 강태하와의 싸움에서 큰 타격을 입고 점점 더 땅에 떨어지고 있는 그리핀의 명성을, 화이트웨일과의 합병으로 덮어씌우기 위해서였다.

하지만 권왕은 끝까지 그 제안을 거절했다.

길드를 넘기는 순간, 여조규가 시민 보호와 인명구조의 신념은 내다 버리고 오로지 돈만을 추구할 것을 알고 있었기 때문이었다.

그리핀은 권왕이 자신들의 제안을 거절하자, 후회할 거란 말을 남긴 채 돌아갔다.

그리고 경고 후, 이 주가 채 되지 않은 시간이 흐른 뒤.

"······아버지가 알 수 없는 병으로 돌아가셨어요."

권왕이 의문의 죽음을 맞이했다.

외부에는 앓던 지병으로 인한 병사라고 알려졌지만.

"아버지는 오십 평생 감기 한 번 걸린 적이 없으셨어요. 그런데 저도 모르는 지병이라니 말도 안 되죠."

차리세는 그리핀의 범행이라 결론짓고 두문불출하며 아버지의 사인만을 쫓았다.

그러는 사이 권왕의 형이자 부길드장이었던 차동영이 차기 길드장으로 선출되었다.

자신을 딸처럼 아껴 주던 차동영이었기에, 차리세는 잘되었다 생각하며 독살의 증거를 찾는 데에 집중했다.

그러던 이틀 전, 마침내 독살의 증거를 찾아낸 그녀는 곧장 차동영에게 갔다.

그런데 그것이 그녀의 가장 큰 실수였다.


─······큰아빠, 그게 무슨 말이에요? 그리핀과 합병을 한

다니요?

　-다 알고서 와 놓고 시치미 떼지 마라. 내가 줄 수 있는
건 20%뿐이다. 그 이상은 절대 안 돼.


　그녀가 사인에 몰두하고 있는 사이, 차동영의 주도로 두
길드의 합병 준비가 거의 끝난 상태였다.

　차동영은 그녀가 찾아온 이유를 돈 때문이라 오해하고 본
적 없던 싸늘한 눈빛을 쏘아 냈다.

　차리세는 돈 따위는 필요 없다며 돈 있고 권력 있는 사람
들만 보호해 줄 거면 왜 길드가 있느냐던 아버지의 의지를
말하며 설득했지만.

　'이미 눈앞의 황금에 돌아있는 놈에게 아무리 떠들어 봤자
들릴 턱이 있나.'

　차동영은 그녀의 말에 코웃음을 치며 무시했다.

　상황이 이렇게 되어버리자 차리세는 자신이 지니고 있는
증거에 대해 말을 꺼냈다.


　-……증거?

　-네. 독살이란 증거와 지워졌던 그날 밤의 CCTV 영상
도 확보했어요!

　-……자, 잠깐, 리세야!

증거에 대한 말을 듣자 차동영은 완전히 태도가 뒤바뀌었다.

그는 언제 그랬냐는 듯 분개하며 그녀에게 말했다.


─……내일 안산 게이트로 몰래 오너라. 내가 그리핀의 눈을 피해 기자들을 데리고 그곳으로 가마.


하지만 당연히 기자들은 없었고…… 그리핀의 암살자들이 그녀를 쫓은 것이었다.

유신운이 어이가 없다는 표정으로 그녀를 쳐다보았다.

"그 말을 믿은 거냐?"

"……네."

유신운은 고개를 절레절레 가로저었다.

말을 마친 그녀는 유신운의 반응에 도움을 받기는 글렀다고 생각했는지 침울한 표정이었다.

'흠, 일단 거짓은 없고.'

일단 말하는 내내 원기로 들여다본 결과, 거짓은 아니었다.

'그래도 명분이나 이름값이 가짜 배경으로 삼기에는 최적이니까. 그래, 이 녀석부터 시작하면 되겠군.'

그러나 그녀의 예상과 달리 유신운은 그녀를 간택했다.

……그리핀 멸망 계획의 첫 노예로 말이다.

"그럼 일단 가자."

"네? 어딜?"

차리세가 갑작스러운 말에 고개를 갸웃하자, 유신운이 뭘 당연한 걸 묻느냐는 얼굴로 말했다.

"네 가문 되찾으러."

화이트웨일 길드, 수원 본부.

"젠장, 젠장!"

화이트웨일 길드의 권호(拳豪), 차동영이 욕지거리를 내뱉으며 길드장실을 이리저리 배회하고 있었다.

연신 손톱을 물어뜯는 모습은 불안함과 초조함이 극에 달해 보였다.

"빌어먹을! 차명진, 그놈은 죽어서까지 핏줄로 날 엿 먹이는군."

차동영은 자신의 형인 권왕 차명진에게 거친 분노를 쏟아내었다.

외부에 알려진 권왕과의 끈끈한 우애에 대한 것과는 전혀 다른 모습이었다.

사실 미디어에 비쳐진 그 모습은 차동영이 철저히 연기한 모습이었다.

차동영은 차명진에 대한 자격지심과 질투로 끝없이 물밑에서 그를 노리고 있었고.

'생각을 잘못했어, 그놈을 죽일 때 딸년까지 해치워 버렸어야 했는데…….'

그랬다.

권왕이 독살당한 것은 그리핀과 손잡은 그의 계획이었다.

'본래 내가 가져야 했던 것을 먼저 빼앗은 건 그놈이야. 난 그저 되찾아 온 것뿐이라고!'

차동영은 자신의 친형을 죽였다는 것에 대해 일말의 죄책감도 없었다.

차명진의 명성은 평생 동안 경기도 내의 위험한 게이트들을 시민들을 위해 위험을 감수하고 클리어하며 세운 업적들이건만.

차동영은 자신이 활약할 기회를 모두 빼앗아 갔다는 삐뚤어진 생각을 하고 있었기 때문이었다.

똑똑!

"기, 길드장님!"

그때, 요란한 노크 소리와 함께 차동영의 핵심 심복인 부길드장 구진욱이 다급한 모습으로 방에 들어왔다.

"……내가 허락이 있기 전까진 들어오지 말라 했을 텐데."

"죄, 죄송합니다. 하지만 그리핀에서 연락이 온지라……."

그리핀이라는 말을 듣는 순간, 차동영의 낯빛이 하얗게 질렸다.

하지만 그것도 잠시, 수하 앞에서 창피한 꼴을 보일 순 없었기에, 차동영은 애써 평온을 연기하며 말을 꺼냈다.

"……알았으니 나가 봐라."

"예, 옙!"

구진욱이 문을 닫고 나가자 차동영은 지끈거리는 머리를 뒤로 하고, 책상에 놓인 만년필 대를 뒤로 꺾었다.

우우웅!

그러자 구동음과 함께 방 안에 방음(防音) 스킬이 펼쳐졌다.

잠시 후, 방 한편에 설치된 커다란 스크린 속에서 한 남자의 얼굴이 드러났다.

스물대여섯은 되었을까 싶은 새파랗게 어린 남자였다.

온갖 휘황찬란한 명품들을 두르고 온몸 곳곳을 타투로 뒤덮은 녀석은 헌터가 아닌 흔한 부잣집 양아치로 보였다.

"……찾으셨습니까, 도 단주님."

-여자는 찾았나?

어린 남자는 인사도 없이 차동영에게 쏘아붙이듯 말했다.

오십에 가까운 차동영과 한눈에 보아도 나이 차이가 크게 날 것 같았지만, 정작 차동영은 그의 무례에도 당연하다는 듯 반응하고 있었다.

'빌어먹을 칠성좌 놈.'

한데 그럴 수밖에 없었다.

눈앞의 사내는 그리핀 길드의 최고 랭커인 칠성좌 중 하나였기 때문이었다.

"……아직 소재를 파악 중입니다."

-하, 아직도 못 찾았다는 거네. 당신, 똑바로 하고 있는 거 맞아?

사수성(射手星), 도우찬이 어이가 없다는 듯 한숨을 쉬며 말을 꺼냈다.

"……죄송합니다."

-어이가 없네. 어이가 없어.

차동영이 고개를 숙인 채, 빠득 이를 갈았다.

마음 같아선 당장 찾아가 놈의 목뼈를 부러뜨리고 싶었다. 그러나 참아야 했다.

일곱 성좌 중 가장 말석인 사수성이었지만, 도우찬 한 명의 힘만으로도 자신뿐 아니라 화이트웨일 길드 전체를 잿더미로 만들 수 있었기 때문이었다.

-시발, 애초에 우리가 해결한다고 했을 때 그냥 조용히 빠져 있었으면 됐잖아.

"……송구합니다. 숨겨 둔 조력자가 있을 줄은 전혀 생각하지 못했습니다."

-쯧, 경기도를 잡고 있다는 놈들이 C급 헌터 하나도 처리를 못 하면 어쩌자는 건지.

사실 차리세를 얕보다가 실패한 것은 칠성좌의 잘못이었다.

차동영은 애초에 사수성이 이끄는 정예 부대를 투입해 달라 요청했지만, 도우찬이 이를 거절하고 전멸한 하급 부대를 투입했던 것이다.

"……최대한 빨리 처리하겠습니다."

하지만 차동영은 다시 한번 고개를 숙였다.

압도적인 힘의 차이 앞에서는 을은 어떠한 항의조차 할 수 없었기 때문이었다.

-아직 국내를 빠져나가지는 못했을 테니. 빨리 어떻게든 찾아서 죽여. 일이 더 커지는 순간 아재는 길드장에서 아웃이야. 알고 있으라고.

"……예."

삐빅.

도우찬이 일방적으로 할 말만을 전한 뒤, 통화를 종료했다.

콰앙-!

"이 빌어먹을 새끼가!"

통화가 끊어진 것을 확인하자마자 차동영이 거칠게 화를 토해내며 스크린을 주먹으로 박살 냈다.

그의 두 눈에서 거친 살기가 번들거리고 있었다.

한참을 씩씩거리던 그는 간신히 평정을 되찾고는 구진욱

을 호출했다.

"들어와라."

"예, 옙."

그러자 문 바깥에서 대기하고 있던 구진욱이 후다닥 들어
왔다.

그는 박살이 난 스크린을 보며 등 뒤로 식은땀을 흘렸다.
괜한 화풀이 대상이 되지 않을까 걱정스러운 표정이었다.

"……그래, 그년이 찾았다는 CCTV 영상을 확보했다고?"

"예, 옙! 유출 경로를 파악해 영상 내용을 확인하고 원본
은 삭제 완료했습니다."

"찍힌 내용은 어땠지."

"……분명 전 길드장님이 자고 있을 때 제가 다가가는 모
습은 찍혀 있지만, 화면의 화질 자체가 흐릿하고 각도도 좋
지 않아서 아무것도 보이지 않습니다. 저희의 짓이라는 어떠
한 증거도 되지 않을 겁니다."

"……저희의 짓이라니?"

구진욱의 말에 차동영이 미간을 찌푸렸다.

만일의 사태에 대비해 항시 꼬리를 자를 준비를 하는 차동
영이었다.

그러자 구진욱이 당황하며 서둘러 말을 바꾸었다.

"죄, 죄송합니다. 저, 저의 짓이라는 증거는 아무것도 찾
지 못했습니다."

"……그래. 부길드장의 노고는 내가 알고 있으니. 합병이 끝나면 크게 보상받을 걸세."

"옙! 감사합니다!"

공포에 질렸던 구진욱의 표정에 언제 그랬냐는 듯 탐욕이 차올랐다.

"자, 그럼."

한데 그때였다.

콰아앙-!

느닷없이 빌딩의 1층에서 거대한 폭발음이 터져 나왔다.

'뭐야?'

차동영이 당황해 창 바깥으로 아래를 내려다보자.

꺄아아!

비명과 함께 연기가 피어오르고 있었다.

위이잉!

위잉!

경보음이 시끄럽게 울려 퍼졌다.

차동영이 사내 전화로 1층의 보안대장과 연결했다.

"대체 무슨 일이냐!"

-차, 차리세 님이 정체를 알 수 없는 남자와 함께 길드를 습격했습니다!

"그놈은 누구냐!"

-노, 놈은! 아, 안 돼! 크아악!

뚜둑!

삐, 삐삐.

경비대장의 신음과 함께 전화가 끊겼다.

갑작스러운 비상사태에 안절부절못하던 구진욱이 조심스레 말을 꺼냈다.

"그, 그리핀에 연락이라도 넣을까요?"

차동영이 구진욱을 무슨 헛소리를 하냐는 한심한 표정으로 쳐다보았다.

그리핀에서 지금도 자신에 대한 평가가 떨어진 상태였는데, 이런 상황조차 해결 못 하고 SOS를 친다면 더욱 평판이 바닥으로 떨어질 수밖에 없다.

"멍청한 소리는 그쯤 해라. 바로 내려간다."

차동영은 간이 아공간에서 흑빛의 건틀릿을 꺼내 착용하며 말했다.

권왕 차명진의 상징이었던 '블랙 오거 건틀릿'이었다.

구진욱과 함께 빠르게 1층으로 내려가며.

'오히려 잘된 일이다. 먼저 공격해 주다니, 조력자를 죽여 버릴 명분을 얻었으니까!'

차동영은 비릿한 웃음을 지어 보이고 있었다.


그 시각, 1층.

갑작스러운 습격에 당황한 화이트웨일 길드의 헌터들이

모두 집합하여 있었다.

"저, 적을 막아라!"

"빨리 돌격해!"

하지만 그들 중 누구도 침입자를 향해 함부로 달려들지 못하고 있었다.

이유는 두 가지였다.

하나는 어릴 때부터 봐 온 전 길드장의 딸인 차리세에게 감히 칼을 들 수 없다는 것.

"끄으으······."

"으윽, 쿨럭!"

두 번째는 차리세의 곁에 있는 의문의 침입자가 가볍게 휘두른 주먹에 경비대 헌터들이 모조리 바닥을 나뒹굴고 있었기 때문이었다.

경비대원들은 최소가 B-급에서 B+급 헌터로 이루어져 있었다.

A급 헌터라 할지라도 수십의 B급 헌터들을 이렇듯 아기 다루듯 쓸어버릴 수는 없었다.

그 말인즉.

"뭐야. 그렇게 쳐다보기만 할 거야?"

저 시시하다는 듯 귓구멍을 파고 있는 눈앞의 사내가 최소한 S급에 달하는 헌터라는 이야기였다.

유신운은 자신의 도발에도 침묵을 지키고 있는 화이트웨

일 길드원들을 보며 피식 웃어 보였다.

'자, 이제 슬슬 나올 때가 됐는데.'

그러고는 그들의 뒤를 살피며 자신의 주 목적인 차동영이 언제쯤 올지 기다리고 있었다.

그때, 곁에 있던 차리세가 유신운에게 귓속말을 건넸다.

"이, 이렇게 무턱대고 다 부숴 버려도 되는 건가요?"

"그럼 물론이지."

그녀는 당황을 숨기지 못하고 있었다.

한데 그럴 만도 했다.

자신의 가문을 되찾아 주겠다는 한마디와 함께 길드 본부로 곧장 오더니…….

　

　　　-어떤 일로 찾아오셨습니까?

　　　-여기 때려 부수러.

　　　-예?

　

콰아앙!

정권 지르기 몇 방으로 경비대를 풍비박산으로 만들어 버린 상황이었기 때문이었다.

'아니, 네크로맨서 아니었어? 어떻게 아빠와 견줄 만한 오러 피스트를 쓰는 거지?'

차리세는 랭크는 낮지만 권왕이라 불렸던 아버지를 곁에

서 오랜 기간 봐 왔기 때문에, 유신운의 공격에서 압도적인 경지를 확실히 느낄 수 있었다.

한데 그때 차리세가 두려움이 깃든 표정으로 말을 꺼냈다.

"그런데 이러다가 그리핀이 도와주러 오면 어떡하려고요."

"그러라고 하는 건데?"

"……예?"

진심 그 자체로 보이는 유신운의 말에 차리세가 일순간 할 말을 잃어버렸다.

그 모습을 보며 피식 웃은 유신운은 알 수 없는 말을 꺼냈다.

"걱정 마라. 놈들은 여기에 신경도 못 쓸 테니까."

"……네? 그게 무슨?"

"감히 이게 무슨 짓이냐!"

차리세가 고개를 갸웃하던 그때, 차동영의 포효가 주변을 뒤흔들었다.

화이트웨일의 유일한 S+급 헌터안 권호, 차동영이 자신의 기운을 폭사하고 있었다.

자신의 길드장을 확인한 화이트웨일의 헌터들이 이제 됐다는 표정으로 안도의 숨을 내쉬고 있었다.

"네놈은 누구냐."

"뭐, 그쪽이 내 이름까지 알 것 없고."

"뭐?"

유신운이 차동영의 기세를 가볍게 흘려 버리며 깐죽거리자 차동영의 미간이 좁아졌다.

그러나 유신운은 그따위 건 조금도 신경 쓰지 않고, 차리세를 손가락으로 가리키며 말을 이어 나갔다.

"생전의 권왕이 그쪽에게서 이쪽을 지키려 고용된 용병 정도로 알고 있으면 된다."

유신운의 입에서 권왕 차명진이 나오자 화이트웨일 길드의 헌터들이 당혹감을 숨기지 못하고 있었다.

전 길드장님이?

권왕님이 왜 길드장님 때문에 용병까지 붙였지?

화이트 웨일의 헌터들이 유신운의 말에 서로를 보며 웅성거리기 시작했다.

"하, 형님이 나 때문에 리세에게 용병을 붙였다고? 대체 무슨 헛소리를 하는지 모르겠군."

차동영이 표정 관리를 하며 어이가 없다는 듯 말하자, 차리세가 쏘아붙였다.

"그렇게 끝까지 모른 척으로 일관하실 건가요?"

"……리세야, 아버지가 쓰러지고 그렇게 정신과를 가 보라 해도 가지 않더니, 결국 사기꾼에게 낚여 이런 일까지 벌이는구나."

"지금 대체 무슨 소리를 하시는 거예요!"

차동영은 차리세를 정신이 이상해진 것으로 몰아가고 있

었다.

그에 격분한 차리세가 나직하게 말을 꺼냈다.

"그리핀과 손잡고 저에게 암살자를 보내신 건, 역시 아버지의 죽음에 큰아빠가 관련되어 있다는 뜻이겠죠."

차리세의 말에 주변의 분위기가 얼음장처럼 차갑게 얼어붙었다.

그만큼 너무나 충격적인 내용이었다.

"병이 결국 망상증까지 이어졌구나. 리세야, 그만하고 치료받자. 저 사기꾼은 내가 처치해 주마."

그러나 차동영은 끝까지 모르쇠로 일관했다.

"뭐, 그렇게 나올 건 다 예상했어."

유신운이 어깨를 으쓱하며 앞으로 나섰다.

처척!

그러자 차동영의 블랙 오거 건틀릿에 선명한 오러가 피어올랐고, 다른 헌터들도 전투 태세를 갖추었다.

스아아!

유신운이 아공간에서 융독겸을 꺼내 들었다.

생전 처음 보는 아티팩트에 모든 헌터들이 당혹감을 숨기지 못했다.

그러나 유신운은 그들의 반응은 무시하며 혼잣말을 이어 나갔다.

"난 세상의 모든 독을 다루는 포이즌 헌터. 모든 독을 살아 있는 생명체처럼 다룰 수 있다."

우우웅!

융독겸의 날 부분에서 초록빛의 기운이 아지랑이처럼 일렁이다가 이내 물방울의 형상으로 굳어졌다.

"그리고 이건 권왕의 시체에서 채취한 독이다."

스아아아!

융독겸의 기운이 주변으로 빠르게 퍼져 나갔다.

모든 이들이 공격이라 생각했는지 당황하며 방어 스킬을 펼쳤지만 어떠한 이상도 없었다.

그런 찰나, 유신운이 한 발짝씩 아주 천천히 차동영에게 걸어가기 시작했다.

"난 모든 독의 흔적을 감지할 수 있어. 그게 설령 일 년 전의 것일지라도 말이지."

스아아!

좌아아아!

그러던 그때, 갑자기 융독겸에 깃든 독의 물방울에서 피어오른 기운이 엄청난 속도로 누군가를 향해 쏘아졌다.

"히익! 뭐, 뭐야!"

부길드장 구진욱과 융독겸이 한 줄기 선으로 연결되었다.

제 손이 초록빛으로 물들자 구진욱은 불이 붙은 듯이 팔을 흔들고 있었다.

그 광경을 지켜보던 유신운이 한쪽 입꼬리를 말아 올리며

무림세가
전생검귀

말을 꺼냈다.

"자, 퀴즈. 왜 저 아저씨의 손에 권왕을 죽인 독의 흔적이 남아 있을까?"

# 2장

화이트웨일 길드 진영의 헌터들이 내는 웅성거림이 더욱
증가하고 있었다.

유신운이 만들어 낸 최초의 균열이 점점 그들의 의심에 박
차를 가하고 있었다.

"지난 1년간 물밑에서 몰래 그리핀과 합병을 준비해 온 것
도 그렇고…… 충분히 의심스러운데?"

"권왕님이 독살당하신 배후에 부길드장이 있다면, 부길드
장의 배후에는……."

길드장이 된 동안 실제 모습을 많이 들켰는지, 곳곳에서
헌터들이 차동영을 묘한 눈초리로 쳐다보고 있었다.

"아, 아니야! 이놈이 무슨 말도 안 되는 소리를 하는 거냐!

내가 독살했다니!"

뒤늦게 상황을 눈치챈 부길드장이 펄펄 날뛰며 소리쳤다.

그런 혼란한 상황 속에서 차동영만이 차갑게 가라앉은 눈동자로 유신운을 주시하고 있었다.

'……저놈은 대체 누구야?'

이 모든 상황을 계획한 것은 저놈일 터였다.

저 얼빠진 차리세에게 이런 대담한 짓거리를 벌일 담력 따위는 없을 테니까.

독을 다루는 능력을 지닌 S+급 헌터라니, 생전 들어 본 적도 없었다.

'큭, 가만히 지켜만 보고 있었던 것은 아니란 거냐.'

그는 차명진을 떠올리며 이를 빠득 갈았다.

자신이 뒤통수를 칠 것을 예상하고 미리 저자를 차리세에게 달아 놓은 것 같았다.

하지만 흥분한 것도 잠시, 그는 다시금 차분히 머리를 식히며 반격을 준비했다.

"흐음, 대체 자네의 그 힘이 무슨 증거가 된다는 거지?"

"끝까지 발뺌하실 생각이세요?"

차동영의 말에 차리세가 목소리를 높였다.

하지만 그는 평온한 표정으로 주변의 헌터들을 훑으며 말을 이어 나갔다.

"네놈은 독을 쓰는 독술사(毒術士). 미리 부길드장에게 어떤 수작을 부려 놓았을지 어떻게 알지?"

정말 그러기는 했는지 헌터들 중 몇몇이 고개를 끄덕이고 있었다.

'클클, 거의 다 됐군.'

주변의 반응을 보며 속으로 회심의 미소를 지은 차동영이 더욱 기세를 높여 쏘아붙였다.

"그리고 설령 자네의 능력이 맞다고 한들, 모두가 알다시피 형의 시신을 수습한 것은 부길드장이 아니었나. 나는 아무리 생각해도 그 과정에서 독이 묻은 것으로 보이는데?"

"말도 안……!"

그때, 차동영이 차리세의 말을 끊으며 강하게 나섰다.

"솔직히 속셈을 말해라, 외부인! 불안정한 리세를 이용해 우리 길드의 혼란 속에서 한몫 챙기려는 것 아닌가!"

스아아!

차동영이 기운을 끌어올리자 강대한 오러가 파도처럼 흘러넘쳤다.

"내 어린 조카를 희롱하는 너를 가만히 둘 수 없다! 죽음으로 갚아야 할 것이다!"

파바밧!

말이 끝남과 동시에 유신운에게 차동영이 전광석화처럼 돌진했다.

쐐애액!

바람이 찢어지는 파공성과 함께 강철로 뚫어 버릴 기세로 유신운에게 주먹이 쇄도한 그때.

처척.

"......!"

화이트웨일 진영에서 몸을 날린 누군가가 차동영의 주먹을 그대로 받아 내어 있었다.

"길드장, 잠시 고정하시지요."

그는 다름 아닌 죽은 권왕의 오른팔이었던 크루세이더, 박찬우였다.

그는 권왕 차명진이 혈혈단신이던 시절부터 옆에서 따르던 충신이었다.

　　−아버지를 죽인 진범을 잡으러 갈 거예요. 도와주세요,
　　찬우 아저씨.

길드에 도착하기 전, 차리세는 유일하게 박찬우에게 메시지를 보내 놓았었다.

박찬우는 메시지를 받고도 어떻게 도와 달라는 것인지 알 수 없었지만, 이 순간을 위한 것임을 깨달으며 나선 것이었다.

차동영이 권력을 잡으며 한직으로 밀려난 박찬우였지만, 아직도 그의 영향력은 길드원들에게 매우 크게 작용했다.

"......이게 지금 무슨 짓이지?"

차동영이 싸늘한 눈빛으로 박찬우를 노려보았다.

"리세의 이야기가 아직 끝이 아닌 것 같으니, 끝까지 들어 보고 판단해도 되지 않겠습니까."

"증거는 또 있어요! 아버지가 돌아가신 날 밤의 CCTV 영상이 있다고요."

박찬우의 말이 끝나기 무섭게 차리세가 새로운 증거에 대해 말을 꺼냈다.

주변이 다시 웅성거리기 시작하자, 차동영이 속으로 혀를 찼다.

"자네, 지금 나를 의심하는 건가?"

"……리세를 믿는 것뿐입니다."

주변의 시선을 신경 쓰이는지, 차동영은 살기를 꾹 참으며 말을 이어 나갔다.

"후, CCTV 영상이 증거로 충분치 않다면 지금까지 벌어진 모든 일에 네놈도 책임져야 할 거다."

"그러도록 하지요. 자, 그럼 리세야, 너는 바로……."

박찬우가 차리세에게 시선을 돌리자.

"……라이 ……을요?"

"그래, 내가 시작하면 바로."

차리세는 차동영은 신경도 쓰지 않고 유신운과 자그맣게 무어라 속삭이고 있었다.

"그 CCTV 영상은 어떻게?"

"자, 이렇게 다들 모였으니 바로 보여 주면 되겠네."

자신에게 이목이 집중되자 유신운은 품속에 손을 집어넣어 무언가를 꺼내 들었다.

사람들은 스마트폰이나 USB라도 꺼내는가 싶었지만, 모두의 예상과는 전혀 다른 물건이 나왔다.

'……손거울?'

유물 같은 느낌의 작은 거울이 유신운의 손에서 들려 있었다.

"지금 장난치는 것도 아니……! 헉!"

화아아아!

부길드장 구진욱이 버럭 소리를 내지르려다가, 느닷없이 거울에서 찬란한 빛줄기가 새어 나오는 것을 보고는 뒤로 나자빠졌다.

거울에서 나온 빛은 어느새 허공에 유리와 같은 단면을 형성했다.

'설마 아티팩트?'

차동영의 얼굴에 당황의 빛이 떠오른 순간.

스아아!

"저, 저건!"

"귀, 권왕님!"

허공의 단면에 선명한 영상이 떠오르기 시작했다.

야심한 밤, 산소호흡기를 끼고 의식을 잃은 채 누워 있는 권왕의 모습이 비치고 있었다.

'무슨? 미리 확보한 CCTV의 영상과 각도가 전혀 달라!'

구진욱과 차동영은 전혀 다른 영상에 당황했지만 티를 낼 수는 없었다.

다른 사람들에게 말을 한들, 괜히 삭제된 원본을 어떻게 가지고 있느냐는 의심만 살 수 있었기 때문이었다.

-끼익.

영상 속에서 문이 열리는 소리가 울려 퍼졌다.

"헉!"

"꺄아!"

그때, 병실로 검은 복면을 쓴 누군가가 들어오자 곳곳에서 비명이 흘러나왔다.

"CCTV 영상에 무슨 소리가?"

"아, 깜빡하고 아티팩트의 능력을 말을 안 해 줬군. 거울에 비춘 모든 것의 소리를 되살리는 능력이다."

박찬우의 질문에 유신운은 거울의 진정한 능력을 숨기고 거짓으로 답했다.


-하, 왜 이리도 끈질기십니까, 길드장님.


그때 권왕에게 걸어간 복면인이 천천히 입을 열었다.

"이 목소리는?"

"……부길드장님이다."

누가 들어도 선명한 구진욱의 목소리에 모두가 당황한 그때, 화면 속의 복면인이 산소호흡기를 거두더니.

　

-끄윽, 크윽!

-이제 그만 얼른 저세상으로 가십시오, 길드장님!

　

품에서 꺼낸 독을 권왕에게 주입하자 권왕이 고통에 온몸을 떨었다.

　

-이잇! 그래야 그리핀이 권호 님과 나에게 약속된 보상을 줄 것 아닙니까!

　

휘익!

독을 주입당한 권왕이 발버둥을 치다가 남자의 복면을 쳤고.

"……!"

"흐읍!"

복면이 벗겨지자 드러난 것은 광기에 물든 구진욱의 얼굴이었다.

그 상황을 지켜보며 유신운이 회심의 미소를 지어 보이고 있었다.

'가짜뉴스 맛 어때?'

이 모든 상황을 만들어 낸 거울의 정체는 깨어진 조요경의 파편을 모아 유신운이 새롭게 만든 보패, 무요경(霧搖鏡)이었다.

단체 텔레포트 능력인 수신경월은 완전히 사라졌지만, 새로운 권능이 생겨 있었다.

그건 바로 주인이 떠올린 상상을 현실의 것으로 영상화하는 능력이었다.

무림에서는 사용할 곳이 한정적인 별 볼 일 없을 수 있는 능력이었지만.

-잘 찍고 있지?

끄덕끄덕.

유신운의 전음에 차리세가 고개를 끄덕였다.

그의 명령으로 무요경에 떠오른 화면을 스마트폰으로 라이브로 중계하고 있었던 것이다.

벌써부터 SNS 곳곳에 퍼져 나가고 있었다.

현대에서는 그야말로 엄청난 파장을 만들어 낼 수 있는 능력이었다.

화이트웨일의 모든 헌터들이 살기등등한 모습으로 구진욱을 노려보고 있었다.

"뭣들 하느냐! 빨리 범인을 체포하라!"

박찬우의 외침에 각자의 무기를 꺼내 든 헌터들이 구진욱에게 다가서고 있었다.

"아, 아니야! 난 저런 말 따위는 하지 않았어! 조작이야! 난 저때 아무 말도 안 했……! 히익!"

당황한 구진욱은 범행을 인정하는 치명적인 말실수까지 해 버리고 말았다.

좌아아!

파바밧!

완전히 상황이 망했다는 것을 깨달은 차동영이 전력으로 힘을 발휘해 도망쳤다.

"차동영이 도망쳤다!"

"길드장실이다! 그곳에 텔레포트 아티팩트가 있어!"

모두가 당황한 그때, 이미 유신운은 차동영을 쫓고 있었다.

순식간에 자신의 집무실에 당도한 차동영이 가쁜 숨을 골랐다.

"허억, 헉! 젠장!"

어쩌다 이렇게 일이 꼬였는지 아무리 생각해도 이해가 가지를 않았다.

'그 망할 자식 때문에!'

유신운을 떠올리며 분노를 터뜨리던 차동영은 천천히 마음을 다잡았다.

무림세가
전생팩서

"아니야, 아직 괜찮아. 그리핀 길드만 부르면. 그래, 놈들이 전부 다 바로잡아 줄 거야!"

이미 현실감이 마모된 그는 연신 그리핀 길드만 입에 올렸다.

마치 자기 자신을 최면하듯 말하고 있었다.

차동영이 급히 책상 서랍 속에서 작은 펜던트를 꺼내 들었다.

그리핀과 손을 잡으며 그들이 준 비상 호출 아티팩트였다.

곧장 펜던트에 마나를 불어 넣으려던 그때.

"그걸로 그리핀을 부르게?"

"헉!"

바로 지근거리에서 들려오는 목소리에 차동영의 낯빛이 하얗게 질리며 주먹을 휘둘렀다.

하지만 유신운은 너무나 가볍게 놈의 주먹을 흘리며 살짝 뒤로 물러났다.

"오, 오지 마라! 이 개자식!"

공포에 질린 차동영이 마구잡이로 오러를 두른 주먹을 휘둘렀다.

"쯔쯔, 사내자식이 그리 담이 작아서 쓰나."

한참 어린아이를 상대하듯 조롱하며 가지고 놀던 유신운이 갑자기 일부러 거리를 벌려 주었다.

"자, 안 말릴게. 마음껏 불러 봐."

그러더니 갑자기 그리핀을 얼른 부르라 도발하기 시작했다.

'미친놈! 언제까지 그리 웃을 수 있는지 보자!'

당황하던 차동영은 어이없어하며 속으로 생각했다.

스아아!

차동영이 펜던트에 기운을 불어 넣었다.

이제 몇 초 후면 곧바로 그리핀의 정예 부대가 소환될 것이었다.

……하지만.

"왜, 왜?"

몇 초가 지나고, 몇 분이 흘러도.

그리핀 길드의 정예 부대는커녕, 일반 헌터 한 명조차 소환되지 않았다.

차동영이 발광하는 그 모습을 보며.

유신운이 악마와 같이 사악하게 웃고 있었다.

<hr />

시간을 거슬러, 유신운이 화이트웨일 길드를 습격하던 그때.

"여기군."

도플갱어 스킬을 사용한 유신운의 본신은 은밀히 한곳에

잠입하여 있었다.


그리핀, 수원 지부


건물 안으로 들어서며 곳곳에 박힌 이름은 이곳의 정체를
알려 주고 있었다.

유신운이 이곳에 잠입한 이유는 하나였다.

이곳이 화이트웨일 길드를 쑥대밭으로 만들면 상황을 수
습하기 위해 전투대가 지원될 곳이기 때문이었다.

처척.

"어우, 답답해 죽는 줄 알았네."

숨어 있던 천장에서 지면으로 착지한 유신운이 천천히 몸
을 풀었다.

위이잉!

위잉!

그러자 곧바로 경보음이 곳곳에서 울려 퍼졌다.

ㅡ침입자다!

ㅡ생포해라!

시끄러운 발소리가 울려 퍼지며 유신운을 향해 헌터들이
집결하고 있었다.

"자, 이제 슬슬 시작해 볼까."

우우웅!

콰가가!

귀면랑의 가면을 쓴 채, 조용히 뇌까리는 유신운의 쌍수에 칠흑의 기운이 소용돌이치고 있었다.

"침입자 확인 완료!"

"감지 스킬 결과, 적은 한 명뿐입니다!"

"죽여선 안 된다! 반드시 생포하도록!"

확실히 세계 최고의 길드의 헌터들답게, 유신운을 잡으러 달려온 적들은 너무나 침착하게 전투를 준비하고 있었다.

유신운과 일정 거리를 두고 떨어진 채, 헌터들은 각자의 능력을 발동시켰다.

스아아!

좌아아!

무림에서는 볼 수 없었던 정령사들의 정령들과 테이머들의 소환수, 수많은 속성의 메이지들이 원거리 포격을 준비하고 있었다.

한 명, 한 명 모두가 수준급의 능력자들이었다.

A급 이하인 헌터가 없었고, S+, SS급에 속하는 능력자들도 쉽게 보일 정도였다.

하지만.

'헌터들과 싸우는 건 오랜만이네.'

당연히도 유신운이 그들 따위에게 위협을 느끼는 일은 전혀 없었다.

아무리 차원 이동 탓에 힘이 일시적으로 줄어들었다고 한들, 이들과 자신은 격의 차이가 현저히 났기 때문이었다.

"쳐라!"

투다다다!

파바밧!

대장으로 보이는 검사가 공격을 명령하자, 근접 전투 클래스의 헌터들이 일제히 전광석화처럼 달려들었다.

'일단 가볍게 몸풀기부터 해 볼까.'

유신운 또한 원기를 적당히 끌어 올렸다.

겨우 5퍼센트 정도나 될까. 딱 적들이 차이를 알아차리고 도망가지 않을 정도였다.

사실 마음만 먹으면 지부를 그대로 지도상에서 지워 버리는 것도 가능했지만, 그랬다간 미세하게 느껴지는 엘더 드래곤의 기운에 대한 정보를 파악할 수 없을 터였다.

"글래셜 스트라이크!"

"소닉 슬래셔!"

그러던 그때, 가장 먼저 파고든 두 명의 헌터가 스킬명을 소리치며 유신운에게 자신의 병기를 휘둘렀다.

촤아아아!

우우웅!

빙결의 힘을 담은 순백의 검과 고막을 터뜨려 버릴 것 같은 굉음을 쏟아 내는 거대한 도끼가 폭우처럼 쏟아졌다.

'본부의 탐지 결계를 뚫고 잠입한 걸 보면 고위급 암살자인 것 같지만……!'

'은신 스킬이 풀린 암살자 따위는 한주먹 거리도 되지 않는다!'

두 헌터가 자신만만해하던 그때, 유신운이 쌍수를 먹잇감을 덮치는 독사처럼 휘둘렀다.

휘익!

처척!

"흐읍!"

"……!"

두 헌터의 눈동자가 터질 듯 커다랗게 확장되었다.

그럴 만도 했다. 유신운이 건틀릿도 없는 맨손으로 병기들의 칼날을 잡아챘기 때문이었다.

강호에서 흔히 공수탈백인(空手奪白刃)이라 불렸던 수법이었다.

하나 유신운은 거기서 한 수 더 나아갔다.

스아아!

"크윽!"

"무, 무슨?"

상대의 병기에 원기를 불어 넣어 내구도를 현저하게 떨어 뜨린 후.

콰드득! 쩽강!

그대로 주먹을 쥐어 파괴해 버린 것이다.

그렇게 병기들의 파편이 허공에 흩날릴 때.

"그대로 돌려주마."

쐐애액!

푸푸푹!

유신운은 한마디와 함께 이미 불어넣은 원기로 파편들을 적들의 온몸에 날려 버렸다.

"……!"

"끄, 끄끅!"

두 헌터들은 어떠한 반항조차 하지 못하고 싸늘한 시체가 되어 차가운 바닥에 몸을 뉘었다.

단 한 수에 두 명의 헌터를 해치운 유신운의 저력에 그리핀 길드원들은 당혹감을 숨기지 못했다.

하지만 이미 지근거리까지 당도한 근접 전투원들은 돌이키기에는 한참 선을 넘은 상태였다.

"이프리트! 불태워 버려!"

"라이트닝 볼텍스!"

"사일런트 애로우!"

그래도 그나마 다행히 후방에 있던 메이지 류 헌터들이 원거리 스킬을 발동시켰고.

"스트렝스!"

"민첩의 가호!"

사제 같은 보조형 헌터들도 그들에게 지원 스킬을 난사하고 있었다.

수많은 경험이 느껴지는 완숙한 체계의 팀 업이었다.

"죽엇!"

"이 개자식!"

그러자 다시금 기세를 되찾은 근접 전투원들이 유신운에게 쏜살같이 달려들었다.

'쯔쯔, 어설프다. 어설퍼.'

그러나 유신운은 그들을 보며 유신운은 어처구니가 없다는 듯 혀를 찼다.

그들이 기운을 발산하며 접근하는 꼴이 죄다 허접하기 이를 데 없었기 때문이었다.

무림처럼 보법이나 신법이 없는 이곳에서 적들이 접근하는 방식은 모두 스킬에 의존했다.

누구 한 명도 기운을 효율적으로 사용하는 이가 없었다.

'이렇게 허초도 없이 직선으로 달려들면 그냥……'

유신운이 바람에 흔들리는 버드나무처럼 가볍게 몸을 떨자.

'부, 분신술?'

'저 상위 스킬을 어떻게 저놈이?'

유신운의 잔상이 수십 개로 늘어났다.

극에 이른 이형환위였다.

그리고 수없이 늘어난 유신운들은.

천마신공 개(改).

변초(變招).

천마군림보 난화(亂華).

'……걷어차 버리면 그뿐이지.'

좌라라라!

퍼버벅!

달려든 모든 근접 전투원들을 천마군림보로 하늘 높이 차 버렸다.

"헉!"

"아, 안 돼!"

그 모습을 지켜보는 후방의 헌터들이 비명을 내질렀다.

한데 그럴 수밖에 없었다.

유신운이 걷어찬 근접 전투원들이 떠오른 허공에는 자신들이 펼친 수많은 스킬들이 날아들고 있었기 때문이었다.

그들은 다급하게 스킬들의 경로를 바꾸려 시도했지만.

'왜, 왜? 조작이 되지 않는 거지?'

'크윽! 정체를 알 수 없는 기운이!'

이미 원기로 그들의 스킬을 빼앗은 유신운이 화력만을 더욱 드높일 뿐이었다.

파지지직!

화르르르!

천마군림보에 의해 온몸의 뼈가 박살이 난 근접 전투원들은 피하지도 못하고 동료의 스킬에 정통으로 적중되었다.

"크아아악!"

"끄아아!"

헌터들이 고통에 찬 신음을 쏟아 냈다.

불에 타들어 가고 감전된 헌터들이 눈을 까뒤집은 채 바닥에서 몸을 떨었다.

눈앞에 펼쳐진 갑작스러운 지옥도에, 대장을 포함한 후방의 헌터들이 저도 모르게 뒷걸음질을 치고 있었다.

'괴, 괴물.'

'절대 못 이겨. 도망쳐야……!'

하지만 그때, 그들의 귓가에.

"어딜 보고 있어?"

어느새 도착한 사신(死神)의 목소리가 울려 퍼지고 있었다.

일차 부대를 모두 해치운 유신운은 빠르게 지하로 내려가고 있었다.

이곳 지부를 이끄는 칠성좌는 빌딩의 최상층에 있지만, 지하로 향한 이유는 간단했다.

'아래에서 미비하긴 하지만 엘더 드래곤의 기운이 느껴지고 있어.'

그가 이곳에 와서 감지했던 엘더 드래곤의 기운이 위가 아닌 아래층에서 발산되고 있었기 때문이었다.

콰가가가!

콰아앙!

그러던 그때, 거대한 폭발과 함께 천장에 싱크홀처럼 구멍이 뚫렸다.

"후우."

엘리베이터는 필요 없이 그대로 바닥을 뚫어 근원지에 도착한 유신운이었다.

몸에 붙은 먼지를 툭툭 턴 그는 주변을 훑어보았다.

'여긴.'

미간을 찌푸리게 하는 끔찍한 냄새가 풍기는 이곳은 한눈에 보아도 실험실로 보였다.

운동장과 비견할 만한 거대한 크기의 공간에 기계장치로 연결된 수많은 유리관이 나열되어 있었다.

거대한 유리관 속 수상한 액체 속에서 잠들어 있는 존재들을 확인한 유신운은 한숨을 푹 내쉬었다.

"하, 내가 죽고 나서도 전혀 바뀌지 않았군."

이전 생애에서 유신운이 그리핀의 회장, 여조규를 배신한 원인이 되었던 몬스터와 인간의 융합체들이 유리관 속에서 배양되고 있었다.

게다가 이전보다 연구가 많이 진행되었는지, 몬스터 부위가 맞닿는 접합부가 사이보그처럼 기계화되어 있었다.

실험체 중에는 겨우 초등학생이 되었을 것 같은 어린아이까지 수두룩했다.

'어디까지 선을 넘는 거냐, 여조규.'

귀면랑의 가면 속에서 비치는 유신운의 눈빛이 더욱 차갑게 가라앉았다.

우우웅!

우웅!

"……!"

한데 그때, 유신운의 기운을 느낀 무언가가 공명하기 시작했다.

실험실의 가장 중심에 있는 유리관에서 진동이 감지되고 있었다.

유신운은 한걸음에 근원지로 이동했다.

그리고.

일반적인 실험관의 두 배에 가까운 크기의 유리관에서 엘더 드래곤의 기운이 확실하게 발산되고 있었다.

"이건······."

눈을 감고 있는 실험체를 본 유신운은 한눈에 이것의 정체를 분명히 짐작할 수 있었다.

이 세계에 있을 수 없는 형태의 시체.

'분명해. 이건 생강시를 몬스터와 융합시킨 거야.'

백발, 백안의 초절한 강시.

또 다른 미래에서 유신운을 혈교의 명령에 따르는 살인귀로 만들었던 생강시가 마찬가지로 몬스터와 기계장치로 융합되어 있었다.

이 실험체를 보는 순간, 유신운은 한 가지 사실을 깨달을 수 있었다.

'어떻게 된 건지는 모르지만 엘더 드래곤은 여조규와 손잡았다.'

무공이 없는 현대에 강시 제조법이 존재할 리 없었던 데다가.

생강시에 잠들어 있는 엘더 드래곤의 기운은 빼도 박도 못하는 증거였다.

차원의 균열을 넘어오며 엘더 드래곤이 자신이 넘어온 시간대보다 먼저 도착한 것은 알고 있었지만.

이렇게 자신의 두 대적이 손을 맞잡을 줄은 생각도 못한 일이었다.

'오히려 잘됐지. 한 번에 두 놈 다 처치할 수 있게 됐으니까.'

하지만 유신운은 오히려 어깨를 으쓱해 보였다.

그런 찰나, 뒤편에서 점차 가까워 오는 수많은 기운에 유신운이 천천히 등을 돌렸다.

'다행히 첫 번째 경고를 바로 보내 줄 수 있겠군.'

처처척!

처척!

군대와 같이 잘 훈련된 헌터들이 유신운을 순식간에 둘러쌌다.

그들의 손에 들린 병기들은 하나같이 모두 아티팩트들이었다.

위층에서 싸웠던 헌터들과는 결이 다른 수원 지부의 최정예 병력이 출동한 것이었다.

"하, 가면 쓴 사이코패스 하나에 이게 뭔 난리인지."

그때, 헌터들의 사이를 뚫고 한 사내가 모습을 드러냈다.

거리를 걷다 보면 흔하게 볼 수 있는 양아치처럼 생긴 사내는 다름 아닌.

현 그리핀의 최고 간부, 칠성좌.

사수성(射手星), 도우찬이었다.

"너, 누군지는 모르겠지만 곱게 죽을 생각은 안 하는 게 좋을 거다."

도우찬이 영화 속 터미네이터가 쏴 대던 M134 Minigun을 연상케 하는 거대한 개틀링 미니건을 한 손으로 들어 겨누며 말했다.

도우찬은 마정석으로 특수 제작한 총화기에 염동력을 담아 전투하는 히든 클래스, 사이 블래스터(Psi Blaster)였다.

스아아!

화르륵!

유신운은 아무런 대답 없이 간이 아공간에서 극염의 힘을 담고 있는 보패, 흑마염태도를 꺼내 들었다.

"허, 이 건방진 새끼가 그냥 말을 씹네."

도우찬이 자신의 말을 무시한 유신운을 보며 어이가 없다는 듯 헛웃음을 흘렸다.

"뭐 좀 치나 보지? 그런데 어쩌냐."

도우찬이 신호를 보내자 부하 중 하나가 한쪽 면의 스위치를 눌렀다.

위이잉!

위잉!

철컥! 철컥!

시끄러운 경보음이 울려 퍼지며 무언가가 개방되는 소리가 더해졌다.

-그오오오!

-크아아!

모든 유리관이 개봉되며 눈을 뜬 실험체들이 괴성을 내지르기 시작했다.

"상부에서 이놈들을 전부 사용해도 좋으니 널 무조건 처죽이라네?"

한쪽 입꼬리를 말아 올리며 말을 꺼냈다.

실험체들은 포효를 내뿜으며 천천히 유신운을 향해 모여들고 있었다.

도우찬은 그 모습을 보며 킬킬 비열하게 웃으며 말했다.

"텔레포트를 사용할 생각이라면 집어치워라. 반(反)스킬 역장을 둘러 뒀으니까 도망칠 곳은 없다."

그러자 유신운이 그제야 대답했다.

"도망? 완전히 잘못 알고 있군."

"뭐? 흐읍!"

스아아!

콰가가가!

유신운이 통제하던 원기를 30% 정도 개방하자, 압도적인 기운이 주변에 쓰나미처럼 퍼졌다.

갑자기 수백 배의 중력이 작용하는 것 같은 기운이 퍼져 나가자…….

"끄윽!"

"컥!"

헌터들 중 실력이 미천한 자는 온몸의 구멍에서 피를 쏟으며 죽어 나갔다.

"잘 알라고. 내가 붙잡힌 게 아니라…….."

유신운이 조용히 뇌까렸다.

우우웅!

우웅!

펼쳐져 있던 반 스킬 역장이 원기에 의해 뒤섞이며 완전히 다른 형태로 변형되었다.

촤아아!

촤아아!

'무슨······!'

연구소의 주변이 갑자기 순백의 빛으로 물들며 전혀 다른 공간으로 뒤바뀌었다.

만상자의 진법 파훼가 이 세계의 법칙조차도 제 맘대로 변경하며, 고유한 공간진을 형성하고 있었다.

자신의 허락 없이는 절대로 빠져나갈 수 없는 덫을 펼친 유신운은 당황한 표정을 감추지 못하는 도우찬을 바라보며 말했다.

"너희가 나한테 납치된 거야."

'미친, 이게 대체 무슨 일이야?'

순백의 공간진에 갇힌 도우찬은 표정에서 당혹감을 숨기지 못하고 있었다.

"끄, 끄극!"

"쿨럭! 컥!"

그럴 만도 했다.

바로 옆에서 2할에 가까운 병력이 아무것도 못 하고 피를 토하며 죽어 가고 있었으니까.

"머저리들아! 정신 똑바로 차리고 마나로 기운의 압박을 막아 내!"

도우찬은 수하들에게 버럭버럭 고함을 지르며 상황을 진정시키려 했다.

하지만 그다지 큰 효과는 없었다.

무림이 마법에 대해 무지한 탓에 크게 당한다면, 현대는 무공처럼 기운을 다스리는 데에 집중하지 않고 시스템과 스킬에 맡기기에 이런 기운 자체를 무너뜨리는 기술에 매우 취약했다.

'쯔쯔, 아직 아무것도 시작 안 했는데 저런 꼴이라니…….두드려 패는 맛도 없겠어.'

유신운이 한심하기 그지없는 눈빛으로 그리핀 길드원들을 바라보며 속으로 생각했다.

뒤떨어지는 헌터들을 그냥 포기하기로 하고 전열을 정비한 도우찬은 침착히 전투를 준비했다.

'……저 커다란 칼을 보면 근접 전투 계열인 것 같은데, 어떻게 트리플 에스급 메이지만이 사용 가능하다는 퍼스널 필드를 펼칠 수 있는 거지?'

근접 클래스가 퍼스널 필드를 펼친다?

그건 말도 안 되는 일이었다.

자신과 같은 칠성좌인 '술법성(術法星)'도 이런 완성도의 퍼스널 필드는 구축이 불가능할 것이니까.

　'설령 마법과 검술을 동시에 쓰는 마검사 클래스라도 이런 건 불가능해. 그 말인즉……'

　도우찬의 눈이 유신운이 쥐고 있는 칼로 향했다.

　화르르!

　흑마염태도가 묵빛의 칼날에서 압도적인 기운을 내뿜고 있었다.

　'시건방진 놈!'

　도우찬이 다 눈치를 챘다는 듯, 코웃음을 치며 말을 꺼냈다.

　"흥! 어디서 그런 상등품의 아티팩트를 얻었는지는 모르겠다만, 아티팩트의 권능을 자신의 힘인 양 블러핑을 치는 꼴은 역겹기 그지없군."

　도우찬은 이 공간을 만들어 낸 힘이 유신운의 것이 아닌 흑마염태도의 권능이라 단정을 내리고 있었다.

　그렇게 도우찬이 말 같지도 않은 소리를 지껄이자, 유신운은 정말이지 지겹다는 듯 고개를 가로저으며 말했다.

　"후, 여기나 저기나 왜 자기가 모르면 죄다 템발이라고 발광들을 하는지, 원."

　"뭐, 뭣? 이 새끼가 감히! 죽여 버려라!"

　유신운의 폭언에 부들부들하던 도우찬이 수하들에게 소리쳤다.

파바밧!

타다닷!

그러나 전광석화처럼 돌진하는 것은.

-크오오!

-크아아!

끔찍한 소리를 토해 내는 인간과 몬스터의 융합체와 사이보그 강시들뿐이었다.

"제 부름에 응답하소서."

"영광이 함께하리라!"

정예 헌터들은 모두 뒤편에서 스킬을 펼칠 준비만을 하고 있었다.

유신운은 파도처럼 밀려드는 실험체들을 쓸어버릴 준비를 하며, 금빛으로 반짝이는 눈으로 후방의 헌터들을 체크했다.

그리고.

'흠, 근접 전투는 융합체와 사이보그 강시에게 맡기고 헌터들은 버퍼와 디버퍼로 전부 데리고 온 건가. 뭐, 전략은 잘 짰군.'

순식간에 적의 전략을 간파했다.

현대로 돌아오며 생각지도 않은 능력까지 손에 넣은 상태였기에 훨씬 수월했다.

[히든 피스의 발동 조건을 만족하였습니다.]

[권능, 통찰안에 추가 효과가 발생하였습니다.]

[이제 자신보다 약한 플레이어의 '클래스'를 판독할 수 있습니다.]


무림에서 적들의 내부에 흐르는 기운의 흐름을 파악하던 통찰안은 현대에 와서는 적들의 클래스를 판별하는 능력까지 추가되어 있었다.

버퍼들의 클래스는 프리스트, 몽크, 인챈트리스, 음양사.

디버퍼들의 클래스는 저주사, 스펠 브레이커, 부두술사, 위치.

'하지만 장난치기도 딱 좋은 조합이네.'

유신운은 무슨 전략을 떠올렸는지 악마와 같은 미소를 지어 보이며 적에게 들키지 않게 살짝 원기를 버퍼들의 진영으로 흩뿌렸다.

그리고 그와 동시에 융합체와 사이보그 강시들이 유신운에게 도착했다.

-크라아!

-그르르!

짐승의 포효를 토해 내며 먼저 사이보그 강시들이 유신운을 향해 달려들었다.

끼기기긱!

촤아아!

사이보그 강시들의 기계 팔이 용수철처럼 늘어나며 엄청

난 속도로 유신운의 팔과 다리를 붙잡았다.

드르륵!

퍼퍼퍼펑!

그러자 융합체들이 마나 번, 무력화 스킬이 담긴 총탄들이 팔과 어깨에 장착된 화기에서 끝없이 쏟아졌다.

어찌나 총탄을 갈겨 댔는지 피어오른 연기로 실루엣만 보이고 있었지만.

푸슈슉!

콰드득!

'됐다!'

살점이 찢겨 나가는 끔찍한 파육음에 도우찬은 쾌재를 불렀다.

유신운이 난도질당하고 있다고 착각한 것이다.

'클클, 내가 나설 필요도 없었겠는데?'

하지만 그때, 그의 주변에서 이상이 발생했다.

"뭐, 뭐야?"

"갑자기 이게 무슨?"

갑자기 버퍼 헌터들이 서로를 보며 당황스러워하고 있었다.

"스, 스킬이 시전이 안 되는데?"

"크윽, 난 체내의 마나가 뒤틀리고 있어."

"뭐야, 이거 저주로 상태 이상에 걸렸다는데?"

그랬다. 유신운은 원기로 자신에게 쏟아진 각종 상태 이상과 저주 스킬들을 모조리 파훼한 후 버퍼들에게 그대로 되돌려 준 것이었다.

그 사실을 알 리도 없고, 설령 알아차린다고 해도 믿을 수조차 없을 버퍼 헌터들이 디버퍼 헌터들에게 목소리를 높였다.

"야, 이 미친놈들아! 우리한테 디버프를 걸면 어떻게 해!"

"뭔 개소리를 하는 거야. 적한테 제대로 적중했다고 시스템으로도 확인했는데!"

"그럼 이게 어떻게 된 건데? 말이 안 되잖아!"

"내가 그걸 어떻게 알아! 왜 우리한테 지랄이야!"

그렇게 자중지란의 단초를 만들어 낸 유신운은.

화르르륵!

콰가가가!

흑마염태도의 초열의 권능을 발휘하며 연기 속에서 조금도 상처 입지 않은 모습으로 나타났다.


뇌운십이검 신운류.

오초 개(改).

염천류하(炎天流河).


유신운이 춤을 추듯 유려하게 몸을 움직일 때마다.

-그, 어어어!

-끄그그!

쇠사슬처럼 그의 몸을 꽁꽁 붙잡고 있던 사이보그 강시들이 고통에 찬 신음을 쏟아 냈다.

흑마염태도에 피어오른 흑염이 기계 팔을 통해 그들의 몸에 붙어 꺼지지 않고 계속 타오르고 있었다.

시체가 타들어 가는 역한 냄새가 주변을 가득 채우기 시작했다.

타닷!

콰르르릉!

그때, 유신운이 모든 구속을 박살 내고 진각을 박차며 허공으로 뛰어올랐다.

극성에 달한 천마군림보의 발현에 천 개의 벼락이 내리꽂힌 것 같은 벽력성이 울려 퍼졌다.

서거걱! 서걱!

화르르륵!

유신운이 흑마염태도를 휘두를 때마다 소름 끼치는 절삭음과 불꽃이 타오르는 소리가 울려 퍼졌다.

'저놈은 대체 정체가 뭐야…….'

유신운의 그런 초절한 모습을 보며 처음으로 알 수 없는 공포심을 느낀 도우찬은 아직도 자기들끼리 싸우고 있는 버퍼와 디퍼버들에게 소리쳤다.

"야, 이 병신들아! 정신 차려!"

하지만 혼란은 진정이 되지 않았다.

"이 개자식들! 저게 디버프를 받은 모습이냐!"

"우리도 모른다니까! 우릴 의심하는 거냐!"

그런데 뭔가 이상했다.

같은 부대에서 오랫동안 서로를 봐 온 이들이 아닌가.

갑자기 당장이라도 칼을 빼 들 것처럼 이렇게 날 선 대립을 하는 것이 이해가 안 가는 것이다.

'이 녀석들이 상황 판단이 안 되나. 갑자기 이런 상황에서 왜? 설마!'

"……잠깐!"

정신계 착란 스킬에 걸린 것 같다고 도우찬이 소리치려던 찰나.

"디버퍼들이 배신자다!"

"모두 죽여!"

"이 개자식들이!"

"버퍼들을 죽여라!"

이미 광기에 물든 상태가 된 버퍼와 디퍼버들이 지독한 살의를 내뿜으며 서로에게 달려들었다.

"죽엇!"

"죽어라!"

푸욱! 푸푹!

스킬을 사용할 생각도 없이 헌터들은 각자의 무기를 서로에게 무차별적으로 찔러 댔다.

한쪽 머리가 으깨지고 사지가 잘려 나가는 와중에도 헌터들은 고통이 마비된 버서커처럼 공격만을 이어 갈 뿐이었다.

도우찬은 펼쳐진 현실의 지옥도에 할 말을 잃고 몸이 굳어 버렸다.

그리핀의 명령으로 수없이 많은 전장을 다녔지만, 이런 상황은 처음이었다.

그조차도 얼어붙을 정도로 공포스러운 광경이었다.

'……!'

그 순간, 유신운에게로 고개를 돌린 도우찬의 눈빛이 지진이라도 난 듯이 흔들렸다.

'저놈, 분명히 스킬을 사용하고 있어.'

지금까지는 전혀 눈치채지 못했지만, 미세한 기운의 흐름이 느껴졌다.

융합체와 사이보그 강시들을 농락하면서도 기운의 일부를 이쪽 전장에 사용하고 있었다.

그때, 도우찬의 머릿속에서 어지럽던 퍼즐이 맞춰지듯 이 상황을 설명하는 정답이 떠올랐다.

이런 공간진을 펼친 것도.

버퍼들이 갑자기 치명적인 디버프를 받은 것도.

대규모로 착란 스킬에 자중지란을 발생시킨 것도.

모두 저 녀석의 짓이라면, 한 가지 클래스밖에는 설명되지 않았다.

'극상의 사령술사?'

이런 말도 안 되는 짓을 할 수 있는 사령술 헌터라면 역사상 단 한 사람밖에는 존재하지 않았다.

홀로 그리핀과 전쟁을 벌이며 엄청난 피해를 안겼던 최악이자 최흉의 범죄자.

"서, 설마……! 네놈?"

도우찬이 덜덜 떨며 뒷걸음질 쳤다.

그가 그렇게 공포에 질릴 만도 했다.

"이제야 알았어?"

"……가, 강태하!"

불사왕 강태하는 죽기 전에도 칠성좌들의 위에 군림했던 최강의 존재였으니까.

"아니야, 말도 안 돼. 네놈은 분명히 죽었어. 네놈의 시체를 태우는 것까지 생방송됐다고!"

인정하는 순간, 절망감을 숨길 수 없을 것 같던 도우찬이 악을 지르며 소리쳤다.

"어쩌다 보니 지옥에서 돌아왔지 뭐야."

그러나 유신운은 어깨를 으쓱하며 하나도 남김없이 재가 되어 버린 융합체와 사이보그 강시들을 지나쳐 도우찬에게로 다가가고 있었다.

"오, 오지 마!"

그 모습이 마치 사신(死神)이 목숨을 회수하러 온 것 같이 느껴지자, 도우찬이 다급히 미니건의 총구를 높이 들었다.

위이이잉!

우우웅!

염동력이 폭발적으로 증가하며 고막이 터질 것 같은 공명음이 시끄럽게 울려 퍼졌다.

사이 블래스터라는 이름처럼 막대한 기운이 쏟아지고 있었지만, 유신운은 조금의 긴장도 없이 마실이라도 가듯 걸음을 멈추지 않았다.

"으아아아!"

스아아아!

콰가가가!

퍼퍼퍼펑!

그 모습에 마지막 평정심을 잃은 도우찬이 미니건을 미친 듯이 격발시켰다.

염동력을 담은 레이저 블래스트가 일직선으로 끝없이 폭우처럼 쏘아졌다.

스아아아!

촤아아!

빛의 광선이 그어질 때마다 그와 유신운의 사이를 가로막고 있던 버퍼 헌터들과 디버퍼 헌터들이 핏덩이가 되어 사라졌다.

레이저 블래스트가 모든 것을 소멸시켜 버리고 있었던 것이다.

하지만 정작 도우찬이 죽이고 싶어 하는 유신운은 피할 생각도 없이 그 모든 포탄을 맞고 있었음에도.

티티팅!

프스스스!

"으아아아아! 왜, 왜! 왜 안 죽는 거야아아!"

그 어떤 공격도 통하지 않았다.

모든 것을 지워 버리는 빛의 광선은 유신운의 몸에 닿는 순간, 되레 흔적도 없이 소멸되어 버리고 있었다.

처척!

"히, 히익!"

어느새 도우찬의 코앞까지 당도한 유신운은 천천히 손을 뻗어 미니건의 총구를 손바닥으로 막았다.

피유웅!

콰아앙!

"크아악!"

겁먹은 도우찬이 방아쇠를 당기자 레이저 블래스트는 유신운의 손바닥에 가로막혀 총 내부에서 폭발했다.

도우찬은 폭발의 충격을 견디지 못하고 멀리 날아가 지면을 나뒹굴었다.

콰드득!

종잇장 구기듯 손에 남은 미니건의 파편을 부숴 버린 유신운은 기어가며 도망치고 있는 도우찬을 무심하게 바라보았다.

"으, 으으으으! 으어어어!"

"자, 이제······."

우우우웅!

우우웅!

그때 도우찬의 주변으로 수없이 많은 소환진이 펼쳐지기 시작했다.

"네놈이 지옥으로 갈 차례야."

# 3장

서울, 그리핀 본부 대회의실.

갑작스러운 긴급회의 소집에 현 그리핀 길드를 이끄는 핵심 간부들 전원이 대회의실을 가득 채우고 있었다.

그중에서도 놀라운 것은 근 몇 년 만에 칠성좌가 한 곳에 전부 소집되어 있다는 것이었다.

불사왕, 유신운과 최후의 전쟁을 벌이던 그날을 제외하면 처음 있는 일이었다.

대충 사안을 들어 알고 있는지, 간부들 모두가 잔뜩 긴장한 표정이었다.

그 누구도 감히 입을 여는 사람이 없던 그때.

칠성좌의 수장이자 현재 전 세계의 헌터 중 랭킹 1위를 차지하고 있는 기사성(騎土星) 알렉스가 말을 꺼냈다.

"회장님은 '그분'과 급히 이야기를 나누고 계시기에 이곳에 오시지 못한다고 하셨다. 그렇기에 전권을 위임받은 내가 회의를 주관하겠다."

"예!"

알렉스의 말에 모든 간부가 군대처럼 절도 있게 대답했다.

기사성 알렉스의 심기를 거슬렸다가 목이 날아간 이들이 한둘이 아니었던지라 다들 공포에 질려 있었다.

"현 상황에 대한 것은 말보다 영상으로 설명하도록 하지."

알렉스가 비서에게 눈짓을 보냈다.

곧이어 불이 꺼지고 한쪽 벽면 전체에 거대한 홀로그램이 떠올랐다.

그리고 그 홀로그램 속에서 뉴스 화면이 비치고 있었다.

첫 번째로 나오는 영상 속에는 페인이 된 몰골의 차동영이 경찰에게 구속되어 압송되고 있었다.


　－화이트웨일 길드의 창립자이자 전 길드장이었던 권왕 차명진 씨를 살해한 범인으로 긴급 체포했습니다.


간부 중에 저도 모르게 탄식을 내뱉는 이들이 꽤 있었다.

차동영이 침을 질질 흘리며 끌려가는 모습이 충격적이기도 했지만, 화이트웨일 길드를 합병하는 것이 얼마나 중요한 일이었는지 아는 까닭이었다.

그 후, 장면은 바뀌어 이번에는 여러 언론과 인터뷰하고 있는 차리세의 모습으로 바뀌었다.


-길드원들의 지지로 새롭게 화이트웨일 길드의 길드장으로 선임된 차명진 씨의 딸, 차리세 씨는 이후의 수사는 모두 경찰에게 맡기고 길드의 내홍을 빠르게 마무리할 것이라 밝혔습니다.

-화이트웨일 길드는 차동영 씨가 진행하던 이익 사업을 모두 중단하고, 본래의 시민 구호 업무에 치중하겠다고 계획을 밝혔습니다.


다시 한번 장면이 바뀌었다.

유신운이 무요경으로 만들었던 가짜 CCTV 영상이 선명하게 비치고 있었다.


-한편 차리세 씨가 진실을 밝히는 과정이 생중계된 파장이 갈수록 커지고 있습니다.


-하, 왜 이리도 끈질기십니까, 길드장님.

-끄윽, 크컥!

-이제 그만 얼른 저세상으로 가십시오, 길드장님!

-이잇! 그래야 그리핀이 권호님과 나에게 약속된 보상

을 줄 것 아닙니까!

구진욱이 내뱉은 그리핀이라는 말에 뉴스의 헤드라인에 '차명진의 암살의 배후는 그리핀?'이라는 문장이 선명하게 떠올랐다.

—……경찰 당국은 그리핀 길드와의 연관성은 찾아볼 수 없다며, 수사에 대한 가능성은 없다고 일축했습니다.

영상이 유포된 탓에 언론을 막을 수는 없었지만, 이미 경찰과 검찰 전부를 장악한 그리핀이기에 수사는 가능할 리 없었다.

—이에 대한 국민의 여론은 차갑기 그지없습니다.

—차동영과 손을 잡았다는 그리핀의 간부도 집어넣어야 하는 거 아닌가요?
—하, 세계 제일 길드면 법도 무시하나요? 사람을 죽여 놓고 이렇게 그냥 넘어가는 건 아니죠.

하지만 라이브로 영상을 본 여론은 그리핀에 격노하고 있었다.

불사왕이란 억제기가 사라진 지난 몇 년간, 그리핀 길드의 폭주로 쌓였던 불만이 폭주하고 있었던 것이다.

 -차리세 씨의 숨겨진 후견자로 이번 사태에서 차동영 씨를 압도적으로 제압한 헌터가 있어 화제입니다.

영상이 바뀌며 무표정한 유신운의 얼굴이 떠올랐다.

그러곤 독기를 내뿜는 거대한 대낫을 휘두르며 차동영을 가볍게 제압하는 영상으로 바뀌었다.

"우리가 지금 주목해야 할 것은 이자와……."

그때, 알렉스가 지독한 살기를 내뿜으며 말을 꺼냈다.

나머지 다섯 성좌들 또한 흥미롭다는 표정으로 유신운을 주시했다.

 -권왕 차동영 씨가 딸을 위해 초빙했다는 재야의 하이 랭커인 '신운'씨는 매우 희귀한 능력인 독(毒) 헌터라고 합니다. 여론은 권호 차동영 씨를 손쉽게 제압한 그를, 어느새 '독왕(毒王)'이라 부르고 있습니다.

혜성처럼 등장한 유신운은 이미 SNS에서 화제였다.

권왕 차명진까지는 아니지만, 그래도 강자로 취급받는 권호 차동영을 아이 다루듯 농락하며 제압한 영상은 가히 충격적이었기 때문이었다.

　게다가 차리세를 위험에서 구해 준 드라마 같은 스토리 때문에 하룻밤 만에 엄청난 인기와 지지도를 얻게 되었다.


　－마지막 소식입니다. 어젯밤 수원의 그리핀 지부에 원인 불명의 폭발 사고가 일어났습니다.

　－수습 과정에서 그리핀 길드의 칠성좌 중 한 명인 사수성, 도우찬 씨의 시신 또한 발견돼 큰 충격을 주고 있습니다.


　고층 건물 자체가 무너져 폐허가 된 수원 지부가 보이고 있었다.

　완전히 통제를 하고 있는 까닭에 비밀 연구소와 습격자의 존재는 완전히 감출 수 있었다.

　그때, 뉴스 화면 옆으로 연구소의 CCTV 영상이 떠올랐다.

　그곳에는 귀면랑의 가면을 쓴 유신운이 수많은 스켈레톤으로 도우찬을 찢어발기고 있었다.

　"……이 불사왕의 후계자다."

　기사성 알렉스의 말에 간부들이 저도 모르게 침음성을 흘렸다.

　그럴 만도 했다.

　몇 년 전 끔찍한 전쟁을 겪으며, 불사왕이란 이름은 그들에게 악몽과 같은 존재로 각인되었으니 말이다.

알렉스가 성좌 쪽으로 시선을 돌렸다.

"창마성(槍魔星), 영령성(英靈星)."

"예!"

"두 놈은 각각 너희들에게 맡기겠다. 수단과 방법을 가리지말고 반드시 척살하도록."

"알겠습니다!"

살기를 번들거리던 두 성좌는 알렉스의 명령에 곧바로 몸을 일으켜 대회의실을 빠져나갔다.

그런 와중에.

　

　―속보입니다! 차명진 씨의 살해에 대한 공범 혐의로 차동영 씨와 함께 체포된 부길드장 구진욱 씨가 압송되던 도중 갑작스러운 심장마비로 사망하였습니다.

　

뉴스 속에서는 화이트웨일의 부길드장 구진욱의 사망 급보를 알리고 있었다.

당연하게도 구진욱의 사망의 배후에는 그리핀이 있었다.

시끄럽던 뉴스 화면이 꺼지고 대회의실은 다시금 침묵이 내려앉았다.

그때, 기사성이 간부 한 명을 노려보며 알 수 없는 말을 꺼냈다.

"'그릇'의 수색은 어떻게 되고 있지?"

"전국을 샅샅이 뒤지고 있지만 쉽지 않습니다."

"얼마가 들어도 좋으니 관측 스킬을 지닌 모든 헌터들을 초빙해서 찾아내라. 회장님을 위한 일이니, 신중에 신중을 기해라."

"아, 알겠습니다!"

알렉스의 입에서 여조규가 언급되자 간부는 사색이 된 얼굴로 연신 고개를 끄덕였다.

순간 다른 간부 한 명이 알렉스를 향해 조심스레 말을 꺼냈다.

"……한데 여론은 어떻게 할까요?"

"제 목숨이 아까워지면 배부른 소리는 집어치우겠지."

"그 말씀은……?"

어떤 장면이 예상된 것일까, 알렉스의 표정에 흉험하기 짝이 없는 기색이 떠올랐다.

"계획을 앞당겨 서울부터 봉인을 해제해라."

⌄

같은 시각.

화이트웨일 길드에서도 회의가 열리고 있었다.

다만 이곳에서는 간부들 전부가 소집되지는 않았다.

길드의 혼란을 수습하는 데 진땀을 흘리고 있었기 때문이었다.

차동영에 의해 길드 내에 뿌리내린 그리핀의 첩자들도 수두룩했다.

게다가 끝까지 반항하는 차동영의 핵심 인물들도 아직 많았으니까.

그렇기에 상석에 편히 앉아 책상에 다리를 올리고 있는 유신운을 상대하는 것은.

차리세와 그녀에 의해 새롭게 부길드장이 된 크루세이더, 박찬우뿐이었다.

그때, 차리세가 안절부절못하며 유신운에게 조심스럽게 물었다.

"정말로 그거면 되는 건가요?"

미안해 죽겠다는 그녀의 표정을 확인한 유신운이 고개를 가로저으며 대답했다.

"아까 지문도 떠 갔고, 금방 새로운 신분을 만들어 줄 수 있다며."

강태하가 아닌 유신운의 신체였기에 신분이 등록되어 있지 않았다.

그렇기에 유신운은 가장 먼저 자신의 신분을 만들어 달라 했다.

현대에는 게이트로 인해 수없이 많은 실종자가 발생하기에 가짜 신분을 만드는 일은 대형 길드라면 포섭해 둔 정부

직원을 통해 손쉽게 가능했다.

"네, 그건 이미 진행 중이에요."

"그럼 됐다고. 몇 번을 묻는 거야. 다른 건 필요 없어."

유신운은 신경도 쓰지 않고 귀를 파며 말했지만, 차리세는 아버지의 원수를 처치하고 길드를 되찾게 해 준 은인에게 어떻게든 보답하고 싶었기에 시무룩하기 그지없었다.

"……아니, 그래도 너무 아무것도 못 해 드리는 거 같아서."

"못 해 주는 게 아니야. 곧 너와 화이트웨일은 내 모든 행동을 커버 쳐야 할 테니까."

언론이든, 정부든 자신에게 다가오는 모든 곳을 막고 책임지라는 것.

"이건 시작에 불과해. 난 앞으로 미쳐 날뛸 거다. 그러면 그리핀 또한 화이트웨일을 더욱 노골적으로 노리겠지."

하지만 유신운의 말에 차리세는 조금의 망설임도 없이 대답했다.

"걱정마세요. 그건 이미 각오한 일이니까요."

"저와 길드원들 모두도 똑같은 마음입니다."

박찬우도 가슴을 치며 대답했다.

권왕을 죽인 그리핀에 대한 분노는 화이트웨일 길드원들 모두에게 활활 타오르고 있었다.

그때, 차리세가 마지막으로 한 번 더 말을 꺼냈다.

"저, 그럼 금전적 보상이라도……."

"됐다. 내 은행과 금고는 이미 한국과 세계 곳곳에 있으니까."

유신운은 정말로 화이트웨일 길드의 푼돈 따위는 필요 없었다.

곳곳에 지부를 만들어 놓은 그리핀을 털 때마다 막대한 자금이 전부 자신의 손에 들어오고 있었으니까.

슬며시 자리에서 일어난 유신운이 차리세에게 다가가 어깨를 토닥이며 말했다.

"원래 시민 구호 길드라며. 그거나 열심히 해."

"감사해요……."

유신운의 말에 감격한 듯, 차리세가 울먹이며 말을 꺼냈다.

감동적인 분위기로 가득찬 그때.

똑똑.

노크 소리와 함께 한 헌터가 방 안으로 들어섰다.

아까 유신운의 지문을 가져가 신분을 만들러 갔던 헌터였다.

"무슨 일이죠?"

"저 길드장님, 다름이 아니라 신분 생성에 작은 문제가 하나 있습니다."

헌터의 말에 셋 모두가 의아해했다.

"무슨 문제요? 말해 보세요."

"……그 지문이 이미 등록이 되어 있다는데요?"

"그게 무슨?"

"그래서 일단 지문의 등록자에 대한 정보를 가져왔습니다."

헌터는 증명사진과 이름, 기타 정보가 담긴 종이 한 장을 차리세에게 건넸다.

"어라? 분명히 얼굴과 분위기가 비슷한데 아시는 분인가요? 성은 다르긴 한데."

사진을 확인한 차리세가 고개를 갸우뚱하며 종이를 유신운에게 주었다.

'지문이 등록되어 있다니, 괴상한 일도 있군.'

가벼운 해프닝 정도로 생각하며 종이를 받아 든 유신운은.

'……!'

열일곱 살의 소년의 사진을 보는 순간, 충격에 휩싸였다.

분명히 '누군가'가 어려진 것을 상상해 보면, 그 모습과 너무 닮아 있었다.

"……이자, 지금 어디에 있지?"

"빠, 빠르게 확인해 보겠습니다."

본 적 없는 유신운의 진지한 얼굴에 박찬우가 황급히 자리를 떴다.

김포 공항.

국내선 터미널.

"예, 예, 아직 애들이라 잘 해결될 것 같습니다. 너무 걱정 안 하셔도 됩니다. 네, 넵! 학교가 문제 되는 일은 절대 없을 겁니다."

중년의 남성이 통화 너머의 상대를 향해 연신 넙죽 엎드리고 있었다.

꽤나 난처한 상황인지 중년인은 소리 내지 않고 입술로만 연신 육두문자를 만들어 내고 있었다.

"예, 상황이 해결되는 대로 제가 인솔해서 최대한 빠른 비행기로 예매해서 뒤따라가겠습니다. 예, 예, 들어가십시오, 교장 선생님."

그렇게 통화를 마친 중년인은 깊은 한숨을 내쉬었다.

그러곤 마른세수를 하다가 휙 고개를 돌려 한쪽을 노려보았다.

그러자 일단의 무리가 움찔하며 그의 눈빛을 피했다.

통유리 앞에서 무릎을 꿇은 채 손을 들고 있는 다섯 명의 남학생들이 있었다.

박 선생은 학생들이 지은 별명처럼 호랑이 같은 기세로 그들에게 다가가며 말했다.

"이 자식들이 수학여행 가는 공항에서까지 쌈박질을 벌여? 너희는 수학여행 끝나고 돌아오는 대로 바로 징계위원회 소집이야! 각오해!"

"그, 그건."

"서, 선생님."

박 선생의 불호령에 학생들은 피떡이 되어 박살 난 얼굴로 몸을 부르르 떨었다.

대부분 걱정에 어쩔 줄을 몰라 했지만, 그중 한 명만은 여전히 반항적인 눈빛을 띠고 있었다.

"아 씨, 왜 저희한테만 그래요! 그리고 쟤는 왜 벌 안 받는데요!"

이 상황의 주동자인 이병우가 의자에 앉아 있는 다른 남학생 한 명을 흘겨보며 소리쳤다.

병우의 말처럼 그들의 얼굴을 난장판으로 만든 그 학생은 어떤 벌도 받지 않고 의자에 조용히 앉아 있었다.

남학생은 그를 쳐다도 보지 않고 돌부처처럼 묵묵히 상황을 관망하고 있었다.

'저 개새끼!'

그 모습에 이병우가 이를 빠드득 갈았다.

전형적인 삐뚤어진 부잣집 외동아들인 이병우였다.

"맞아요! 차별이에요, 차별!"

"누가 더 크게 다쳤는지 보시라고요!"

"일방 폭행이라니까요!"

이병우의 말에 용기를 얻은 듯, 다른 학생들도 한마디씩 거들었다.

하지만 박 선생은 조금도 흔들리지 않았다.

그저 어이가 없다는 듯 고개를 절레절레 가로저었다.

그러곤 화를 쏟아 냈다.

"이 자식들이, 한 놈을 다구리 놓으려다가 처맞아 놓고 말이 많아!"

이병우를 포함해 다섯 명이 전부 움찔했다.

정말로 다섯 명이 한 명을 당해 내지 못하고 두들겨 맞은 것이다.

박 선생이 말을 이어 갔다.

"그리고 차별은 무슨! 이미 명수한테 전부 다 들었다! 너희들이 자기를 괴롭히는 걸 막아서니까 우르르 달려들었다며! 할 말이 있냐, 이 양심도 없는 것들아!"

선생의 호통에 곁에 조용히 서 있던 왜소한 체구의 명수가 당장이라도 눈물을 쏟아질 것 같은 표정을 지었다.

그동안 시달린 것이 오늘뿐이 아닌 듯했다.

하지만 이병우 패거리는 반성도 없이 그런 명수를 죽일 듯이 째려보았다.

그런 녀석들을 보며 박 선생이 속으로 '옛날 같았으면······!'이란 말만 수십 번 되뇌었다.

"후, 공항 관계자랑 이야기하고 와야 하니까, 너희 전부 여기 가만히 처박혀 있어. 또 사고 쳤다간 진짜 어떻게 되나 보자."

공항에 소란을 피운 건 쉽게 지나갈 일이 아니었다.

"호종인 날 따라와라."

피해자와 가해자를 같이 놓을 수는 없었기에 명수를 데리고 관계자실로 이동하기 시작했다.

박 선생을 쫓아가며 명수가 뒤를 돌아보았다.

목소리 없이 명수가 자신을 구해준 남학생에게 입 모양으로 말을 건넸다.

-고마워, 일랑아.

"어."

그제야 무뚝뚝했던 현일랑이 고개를 끄덕였다.

박 선생이 시야에서 사라지자 이병우 패거리는 곧바로 벌 받던 자세를 풀었다.

그러곤 당장이라도 달려들 기세로 일랑을 보며 분노를 쏟아 냈다.

"너 이 새끼, 날 이렇게 만들고 우리 부모님이 가만히 둘 줄 알아?"

"넌 좆 됐다고 생각해라."

"시발, 고아 새끼가!"

온갖 선 넘은 욕설과 협박이 난무하던 그때.

일랑이 얼음장처럼 차가운 시선으로 그들을 바라보았다.

돼지나 벌레를 보는 듯 감정이 전혀 실려 있지 않은 그 눈빛에 이병우 패거리는 잠잠해졌던 공포가 다시 스멀스멀 피어오름을 느꼈다.

그러던 그때, 일랑이 작게 혼잣말했다.

"덜…… 했나?"

"……뭐, 뭐?"

이병우가 덜덜 떨며 되묻자 일랑이 한 번 더 또박또박 말해 주었다.

"아직 덜 처맞았나?"

"……!"

남학생의 말에 다섯 명이 모두 합죽이가 된 듯 동시에 입을 다물었다.

모두 자기도 모르게 뒷걸음질을 치며 일랑에게서 떨어지기까지 했다.

어느새 몸에 각인된 공포 때문이었다.

그럴 만도 했다.

'저 괴물 새끼.'

'각성자도 아닌데 어떻게 저렇게 센 거지?'

'다시 싸우면 분명히 어디 하나는 부러질 거야……'

다섯 명이 달려들었지만, 한 대도 때리지 못한 데다가 오히려 심각할 정도로 얻어터졌으니까.

이병우 패거리가 뒤로 물러나 자기네끼리 속닥이고 있던 그때.

'귀찮게 됐군.'

자신의 행동을 후회하는 건 아니었다.

그때로 돌아간다고 해도 똑같이 저놈들을 후려갈길 터였다.

하지만 더 이상 사고 치지 않겠다고 약속한 보육원 원장님을 면목이 없는 것이 문제였다.

똑같은 일로 전학 온 지 얼마 되지 않은 상태였기에, 실망할 원장님에 대한 걱정이 앞섰다.

'일단 연락부터 드려 볼까.'

일랑이 통화를 위해 잠시 자리를 떴다.

그러자 이병우가 잔뜩 흥분한 채 자리에서 벌떡 일어났다.

"젠장, 난 이대로 갈란다."

"벼, 병우야, 어디 가?"

"이렇게 제주도 가면 징계받을 거 대책도 못 세워. 난 집에 가서 아빠한테 선생한테 갑질당했다고 말할 거야."

놀랐던 친구들의 눈에 이채가 떠올랐다.

병우의 아빠가 학교에 와서 난리를 친 것이 한두 번이 아니었던 것이다.

"너희도 그러지 말고 나랑 가서 말이나 맞추자. 저 새끼 저렇게 의기양양하게 깝치게 놔둘 거야?"

"그, 그럴까?"

이대로 징계위원회가 소집되면 큰 낭패를 볼 게 뻔한 그들은 병우의 계획에 동참하기로 결정했다.

한데 그들이 단체로 공항을 빠져나가려던 그때였다.

콰아아앙—!

갑자기 지축을 뒤흔드는 거대한 폭발음이 터져 나왔다.

"꺄아아아!"

"뭐, 뭐야!"

이병우 패거리뿐만 아니라 공항에 있던 모든 이들이 당황한 모습을 감추지 못하고 있었다.

우우웅!

그그그극!

둔중한 진동음과 함께 지진이라도 난 듯이 공항 전체가 흔들리고 있었다.

'통신이 끊겼어.'

전화뿐만 아니라 메신저까지 모조리 끊겨 있었다.

외부와의 연락이 전부 차단된 것이다.

우우웅!

우웅!

'뭔가 이상해.'

일랑은 공기가 완전히 달라졌음을 깨달았다.

생전 처음 느끼는 소름 끼치는 무언가가 공기에 잔뜩 배어 있었다.

콰아아앙-!

다시 한번 거대한 폭발음이 울려 퍼졌고.

쿠우웅!

"으아악!"

"뭐, 뭐야?"

산산조각이 난 비행기의 파편이 떨어져 내리며 탈출구를 막았다.

비행기가 폭발한 것을 알아차린 시민들이 당황한 모습을 감추지 못했다.

"히익!"

"테, 테러인가?"

대부분의 시민은 이 상황을 테러라고 인지했다.

하지만 유일하게 일랑만은 어딘가를 계속 주시하고 있었다.

'뭔가가 점점 가까워져 온다!'

일랑은 '무언가' 아니, 엄청난 숫자의 '무언가들'이 몰려들고 있음을 본능적으로 깨달았다.

키에에에에!

크롸라라!

결코 인간의 소리가 아닌 짐승의 울음이 시끄럽게 울려 퍼졌다.

으아아아!

크아악!

그와 동시에 처절한 인간의 비명 또한 주변을 뒤흔들었다.

사람들은 본능적인 공포를 느끼며 빠져나갈 수 있는 게이트들로 빠르게 달려 나갔다.

하지만 밖으로 나간 그들이 맞닥뜨린 것은 실로 절망스러운 현실이었다.

"이, 이게 뭐야?"

"……말도 안 돼."

공항 전체를 휘감는 반투명한 반구의 보호막이 그들을 가로막고 있었다.

어항에 갇힌 물고기 신세가 된 사람들은 단체로 패닉 상태가 되어 벽을 두들겼다.

티팅!

까강!

하지만 아무리 주먹으로 때려도, 주변에 잡히는 모든 것으로 벽을 두들겨도 흠집 하나도 나지 않았다.

탈출할 수 없다는 사실을 깨달은 그들은 그제야 과거의 여러 뉴스에서 들었던 무언가를 떠올렸다.

"이, 이거?"

"서, 설마!"

"게, 게이트?"

패닉에 빠졌던 사람들의 표정이 더욱 끔찍하게 일그러졌다.

그랬다.

이 벽은 진입형 게이트가 아닌 변이형 게이트가 발생했다는 증거였다.

일반적으로 발생하는, 문(門) 속으로 들어가는 게이트가 아닌, 시공간이 뒤틀리며 현실 자체가 던전이 되어 버리는 이종의 게이트였다.

"으, 으아아!"

"안 돼, 안 돼!"

사람들이 주먹이 깨져 피가 되도록 미친 듯이 벽을 두들기기 시작했다.

곧 '그놈'들이 몰려들 것을 예감했기 때문이었다.

그리고 곧.

푸푹!

서거걱!

비명을 듣고 날아온 수십의 스네이크 배트(Snake Bat)들이 칼날처럼 날카로운 날개와 독사의 머리인 꼬리로 사람들을 급습했다.

"끄르륵!"

"커, 컥!"

어떤 반항도 못 하고 피를 토하며 사람들이 쓰러지자.

"모, 몬스터다!"

"공항 안으로 도망쳐!"

도망치던 사람들은 다시금 헐레벌떡 공항 안으로 들어갔다.

키에에에!

캬아아!

스네이크 배트들도 죽인 사람들의 내장을 뜯어먹다가 그들을 쫓아 공항 안으로 몰려들고 있었다.

사람들이 공포에 질려 있던 그때.

"모두 이쪽으로 대피하십시오!"

"저희 뒤로 물러서세요!"

어느새 도착한 공항경찰대원들이 시민들을 보호하기 시작했다.

"돼, 됐다."

"이제 살았어!"

경찰대원들은 갑작스러운 상황에 당황하기는 했지만, 시민들처럼 공포에 질려 있지는 않았다.

'헌터 길드가 오기 전에 스네이크 배트 정도는 충분히 막을 수 있어.'

헌터들은 아니었지만 대원들의 손에는 웬만한 몬스터도 격퇴가 가능한 마정석 총이 들려 있었고.

　스네이크 배트 또한 그리 높은 등급의 몬스터가 아니었기 때문이었다.

　타타탕!

　투다다다!

　공항경찰대가 총탄을 퍼부어 대기 시작했다.

　하지만 일랑은.

　'안 돼. 위험하다!'

　곧 끔찍한 상황이 펼쳐질 것임을 직감했다.

　"모두 무기가 될 만한 걸 들어!"

　일랑이 주변을 뒹굴던 파편들 속에서 쇠 막대를 하나 집어 들며 소리쳤다. 하지만 사람들은 아무런 반응을 보이지 않았다.

　"저 새끼는 웬 생쇼냐?"

　"헛짓거리 좀 그만해라. 이제 경찰들이 다 알아서 해 줄……!"

　일랑을 비웃던 이병우 패거리는 경찰대원들을 보다가 입을 쩍 벌렸다.

　"으아아!"

　"마, 말도 안 돼!"

　스네이크 배트들이 모조리 총알을 튕겨 내며 날아들었던

것이다.

서걱!

푸푸푹!

코앞까지 도착한 스네이크 배트들이 다시 한번 날개와 꼬리로 경찰대원들을 도륙해 갔다.

투툭!

투투툭!

경찰대원들의 몸이 힘을 잃고 바닥에 쓰러졌다.

곧이어 바닥이 피로 물들기 시작하자.

"꺄아아아!"

"도망쳐!"

시민들이 다시금 비명을 쏟아 내며 곳곳으로 도망치기 시작했다.

키에에에!

촤아아!

그들의 뒷모습을 보며 스네이크 배트들이 즐겁다는 듯 끔찍한 울음을 토해 내며 날아들었다.

타다닷!

'사람들이 피할 시간을 벌어 줘야 해.'

유일하게 일랑이 손에 쇠 막대를 들고 그런 괴물들에 맞섰다.

카가강!

퍼억!

일랑이 휘두른 쇠 막대에 적중당한 스네이크 배트 한 마리가 멀리 날아갔다.

키에엑!

총알조차 튕겨 내던 스네이크 배트가 놀랍게도 일랑의 일격에 고통을 느끼고 있었다.

'후우, 후……!'

심호흡을 고르며 또다시 쇠막대를 휘둘렀다.

'왜지? 이상해.'

이상하게도 공포 따위는 없었다.

처음으로 괴물과 싸우는 것임에도 원래부터 싸움을 해 왔다는 듯 너무나 자연스러웠다.

일랑의 인생에서 첫 기억은 쏟아지는 하얀 눈 속에 선 자신이었다.

누구의 손에 이끌려, 왜 그곳에 있었는지는 알지 못했다.

일랑이란 이름을 제외한 모든 기억을 잃고 거리를 헤매던 것이었으니까.

경찰에 인도되어 법에 의해 여러 곳에 떠밀리다 결국 보육원까지 들어가게 됐다.

생체 정보가 아무것도 검색이 되지 않아 나이도 여덟 살이라는 추정치로 확정되었다.

그렇게 일랑은 스스로가 누구인지도 모른 채 십 년이란 세월을 살아왔다.

그래서일까, 잠에서 깨어 의식이 있는 동안, 일랑은 항시 고민했다.

자신의 존재에 대한 의문에 대해 말이다.

그런데 이 순간.

일랑은 생애 처음으로 그 모든 번뇌를 벗어 던지고 있었다.

"후우, 후……!"

천천히 숨을 고르는 일랑의 정신은 잔잔한 호수처럼 평온했다.

키에에!

칠판을 손톱으로 긁는 듯한 끔찍한 울음과 함께 스네이크 배트가 칼날처럼 날카로운 양 날개를 휘두르고 있는 상태였는데도 말이다.

쐐애액!

촤아악!

적이라고 생각도 하지 않았던 조무래기에게 일격을 당한 스네이크 배트는 잔뜩 독이 오른 상태였다.

일랑을 반으로 갈라 버릴 기세로 스네이크 배트가 연달아 공격을 쏟아 내고 있었다.

티팅!

팅!

하지만 일랑은 들고 있던 쇠 막대로 그 공격들을 모조리 퉁겨 내 버렸다.

살면서 처음으로 무기를 손에 들고 TV 속에서나 보던 괴물과 싸우는 중이었지만.

'여기서 흘리고 머리를 강타한 뒤에 물러서자. 다음 공격은 위에서 아래로 온다.'

휘익! 휙!

점점 익숙해지기 시작한 전투 감각은, 어느새 적의 공격을 예상하는 영역으로까지 높아져 있었다.

"뭐야, 어떻게 일반 학생이 몬스터를 상대하지?"

"저, 저럴 수가 있나?"

그 충격적인 광경을 목도한 일반 시민들은 놀란 표정을 감추지 못하고 있었다.

특히 이병우 패거리들은 입을 쩍 벌리고 일랑의 활약을 눈을 끔뻑이며 보고 있었다.

그러던 그때였다.

우우웅.

'……!'

갑자기 느껴지는 알 수 없는 공명에 일랑이 소스라치게 놀랐다.

갑자기 배꼽 아래에서 알 수 없는 기운의 파동을 느꼈기 때문이었다.

비어 있는 속에 따뜻한 차를 마신 것처럼 온몸에 순식간에 그 온기가 퍼져 나갔다.

그리고 곧 기운은 손을 타고 쇠 막대에까지 전해졌고.

서거걱!

뾰족한 절삭음과 함께 스네이크 배트의 한 쪽 날개가 잘려 바닥을 나뒹굴었다.

키에에에-!

뒤늦게 스네이크 배트의 고통에 찬 신음이 주변을 울렸다.

한쪽 날개가 찢기자 허공을 날아다니던 스네이크 배트가 완전히 방향감각을 잃었다.

같은 곳만 핑그르르 돌며 혼란스러워 하는 녀석에게.

타다닷!

일랑이 조금의 망설임도 없이 전광석화처럼 쇄도했다.

스네이크 배트가 당황하며 황급히 뱀의 꼬리를 적에게 쏘아냈으나.

쐐애액!

서걱-!

알 수 없는 기운을 두른 일랑의 쇠 막대가 그보다 한참은 빨랐다.

투둑!

치이익!

반으로 쪼개진 스네이크 배트의 시체가 꿈틀거리며 체액

을 쏟아 냈다.

신체 능력이 압도적으로 차이가 나는 데에도 일랑은 결국 몬스터를 처치하는 데 성공했다.

그리고 곧바로.

띠링! 띠링!

게이트 속에서 몬스터를 해치운 여파가 일랑에게 닥쳐오기 시작했다.

게임을 하는 것 같은 경쾌한 효과음과 함께 일랑의 눈앞에 갑자기 일련의 문장들이 주르륵 떠올랐다.

[몬스터를 해치웠습니다!]
[경험치를 획득하였습니다.]
[인터페이스 시스템이 새로운 각성자를 선택합니다.]

다름 아닌 시스템 메시지였다.

게이트의 몬스터를 해치움으로써 '처치 각성'의 실행 조건을 달성했기 때문이었다.

'이렇게 각성자가 되는 건가?'

본래 일랑은 자신의 미래로, 헌터는 생각도 하지 않고 있었다.

하지만 지금은 선택의 여지가 없었다.

게다가 눈앞의 더 많은 사람을 구하려면 이 힘을 거부할 수는 없었다.

그렇게 자신의 내부로 파고드는 기운을 받아들이려던 그 때.

삐빅! 삐이!

이번에는 귀를 찌르는 뾰족한 경고음이 울려 퍼졌다.

'……?'

그리고 눈앞에 전혀 예상치 못한 내용의 글귀가 이어지기 시작했다.


[세계선(世界線)의 질서에 적격하지 않은 플레이어입니다.]

[혼(魂)의 각인이 불가합니다.]

[플레이어의 각성이 실패하였습니다.]

[레벨이 상승하지 않습니다.]


'……각성이 실패했다고?'

여러 미디어를 통해 헌터 각성의 수많은 사례를 지겹도록 보아 왔지만, 이런 경우는 한 번도 확인한 적이 없었다.

게다가 메시지에 적힌 알 수 없는 내용들이 일랑의 머릿속 을 복잡하게 만들고 있었다.

'세계선의 질서에 적격하지 않다는 게 대체 무슨 말이지?'

아무리 물은들 어떠한 대답도 얻을 수 없음은 이미 알고 있었다.

그러나 일랑은 자신이 눈을 뜨고, 숨을 쉼과 동시에.

평생토록 느껴 온 알 수 없는 '이질감'이, 시스템 메시지의 말에 근거가 있음을 본능적으로 깨닫고 있었다.

키에에!

키르르!

하지만 적들은 일랑이 천천히 의미를 해석할 시간을 주지 않았다.

파바밧!

파아아!

자신의 동료의 죽음에 분노한 스네이크 배트들이 일제히 무리 지어 일랑에게 날아들기 시작한 것이다.

셋, 일곱, 열, 열다섯.

갈수록 늘어나는 스네이크 배트는 클라이맥스를 앞둔 공포영화의 한 장면 같았다.

"학생! 도망쳐!"

"꺄아, 안 돼!"

자신을 지키려 무리하던 일랑을 지켜보던 시민들이 위험을 알아차리고 도망치라며 손짓했다.

하지만 일랑은 등을 보이지 않았다.

쇠 막대를 쥔 손에 더욱 힘을 불어 넣을 뿐이었다.

'저렇게 상대가 많으면 어차피 도망칠 수도 없어. 지금 믿을 건…….'

코앞까지 당도한 적들의 모습과 마지막 시스템 메시지가 겹쳐져 있었다.

[경험치가 다른 보상으로 대체됩니다.]
['이레귤러'의 기초 신체 능력이 대폭 상승합니다.]

어느새 플레이어가 아닌 '이레귤러'라 지칭되고 있었다.

뜻인즉, 질서를 무너뜨리는 존재.

파바밧!

타앗!

일랑이 되레 앞으로 몸을 날렸다.

이전과는 비교도 되지 않는 속도였다.

신체 능력이 향상되었다는 것은 거짓이 아니었다.

비교도 되지 않게 가벼워진 몸으로 바람처럼 쇄도한 일랑은 미지의 기운을 담아 쇠 막대를 휘둘렀다.

휘이익!

퍼억!

키익!

메이저 타자가 배트를 휘두르듯 전력을 다해 휘두른 쇠 막대에 적중당한 스네이크 배트의 머리가 폭죽처럼 터져 나 갔다.

'일단 한 마리!'

일랑은 멈추지 않고 쇠 막대를 거침없이 휘둘렀다.

퍼억!

퍼퍽!

몬스터의 피와 살점이 주위를 뒤덮을 때마다 일랑은 점점 더 강해져 갔다.


[몬스터를 해치웠습니다!]

[경험치가 다른 보상으로 대체됩니다.]

[이레귤러의 기초 신체 능력이 대폭 상승합니다.]


각성자가 되지 못한 탓에 어떠한 스킬도 얻지 못했지만, 스탯으로도 판별되지 않는 근원적인 신체 능력이 빠르게 향상되고 있었던 것이다.

"휴우."

그렇게 깊은숨을 내뱉으며 마지막 열다섯 번째 스네이크 배트를 곤죽으로 만들었을 때.

키에, 에…….

일랑은 확실히 평범한 인간의 영역을 벗어나 있었다.

살기를 내뿜던 스네이크 배트들이 순식간에 사라지자, 공포에 질렸던 시민들이 일랑에게 달려와 고마움을 표했다.

"사, 살았다!"

"고마워. 아니, 고마워요, 학생!"

"너…… 대체 어떻게?"

유일하게 이병우만이 꺼림칙한 표정으로 일랑을 보며 목구멍으로 말을 삼킬 뿐이었다.

하지만 일랑은 그런 이병우는 조금도 신경 쓰지 않았다.

이미 위험을 벗어났다고 생각하는 사람들 너머로 새로운 위협이 다가오고 있음을 깨달았기 때문.

일랑은 차갑게 가라앉은 눈으로 이곳을 감싸고 있는 반구의 결계벽을 바라보았다.

'……이상해. 지금쯤이면 긴급 구조팀이 도착했어야 하는데.'

아무리 변이형 게이트라도 어느 수준 이상의 헌터들은 진입할 수 있었다.

게다가 이곳은 수많은 헌터팀이 수시로 경계하는 주요 시설물인 '공항.'

이 정도의 시간이 흘렀으면 분명히 한두 팀이라도 결계 안으로 들어왔어야 했다.

하지만 그렇지 않다는 것은 두 가지 사실을 말해 주고 있었다.

첫 번째는 이 게이트가 결코 일반적이지 않다는 것.

그리고 두 번째는.

콰르르!

콰아아앙!

"뭐, 뭐야!"

"히익!"

아직 맞닥뜨리지 못한 더 큰 문제가 있다는 것이었다.

거대한 폭음과 함께 지진과도 같은 충격파가 공항을 뒤흔들었다.

쩌저적!

드드득!

귀가 울리는 파열음과 함께 공항 건물 한쪽 벽면이 와르르 무너져 내리고 있었다.

"……!"

"저, 저건!"

반파된 건물 외벽 너머의 광경을 본 사람들의 얼굴이 핏기가 사라져 있었다.

하얗게 질린 사람들이 다시 덜덜 떨며 더한 공포에 질렸다.

착륙해 있던 비행기들이 모조리 폭파되어 있었다.

수많은 잔해와 시체가 활주로를 가득 메운 가운데.

그롸아아아!

그 혼란의 중심에 생의 의지를 포기하게 만드는 압도적인 몬스터가 포효를 쏟아 내고 있었다.

전신이 칠흑의 불꽃으로 이루어진 거조(巨鳥)가 허공에서 우아하게 날갯짓할 때마다…….

화르르르르!

콰가가!

검은 불꽃에 휩싸인 주변의 모든 것이 한 줌의 재로 화하기 시작했다.

"크림슨 피닉스……!"

공항경찰대원 하나가 절망이 드리운 표정으로 힘없이 뇌까렸다.

멸염의 거조, 크림슨 피닉스는 베트남의 하노이를 지도상에서 사라지게 만든 준재앙급 몬스터였다.

한데 이상한 일이었다.

지금까지 나타난 준재앙급, 재앙급의 몬스터들은 모두 진입형 게이트에서만 나타났다.

진입형 게이트의 클리어에 실패했을 때 문을 찢고 등장해 왔다.

본래 몬스터가 지닌 존재력이 너무나 압도적이기에, 불안정한 변이형 게이트로는 현신하기가 불가능하다고 밝혀졌었는데.

역사상 최초로 이런 말도 안 되는 상황이 펼쳐진 것이다.

털썩.

다리에 힘이 풀린 사람들이 하나둘씩 바닥에 주저앉았다.

크림슨 피닉스의 힘의 권역에 이미 들어온 이상 자신들이 살아남을 가능성이 0에 수렴한다는 것을 자각한 것이다.

한데 그때였다.

'저건!'

크림슨 피닉스를 살피던 일랑의 눈에 활주로의 잔해 사이로 꿈틀거리는 인형(人形)이 들어왔다.

다름 아닌 아까 헤어졌던 박 선생과 호종이었다.

상황실 안쪽에 있던 이들은 사건이 터지자 직원들과 함께 활주로 쪽으로 다 같이 도망을 쳤다가 폭발에 휩쓸린 것 같았다.

파바밧!

일랑은 망설임 없이 무너져 내린 건물 안으로 달려들었다.

콘크리트들이 쩍쩍 갈라졌지만, 두려움 따위는 없는 듯 그들에게 달려갔다.

"선생님, 선생님!"

"호종……아, 도망, 가……라."

박 선생의 다리를 무너져 내린 건물의 파편이 깔아뭉개고 있었다.

호종은 어떻게든 들어 올리려 했지만 파편은 당연히 미동조차 않고 있었다.

도착한 일랑이 곧바로 호종과 함께 파편을 들어 올렸다.

"이, 일랑아."

"내가 할 테니까 선생님을 빼내."

호종이 눈물이 맺힌 눈으로 일랑을 바라보다가 고개를 끄덕였다.

끼이익!

상당한 숫자의 몬스터를 해치우며 능력치가 향상된 덕인지 다행히 건물 파편을 들어 올릴 수 있었다.

키에에에에!

하지만 운과 불운은 함께 들이닥쳤다.

오만한 시선으로 주변을 내려다보던 크림슨 피닉스가 일랑을 발견하고는 고막이 터질 것 같은 울음을 터뜨린 것이다.

"선생님을 데리고 가. 내가 시간을 벌게."

"아, 안 돼!"

타닷!

호종이 말릴 새도 없이 일랑이 진각을 밟으며 활주로 쪽으로 몸을 날렸다.

박 선생과 호종이 있는 곳 완전히 반대편이었다.

'어떻게든 멀리 떨어뜨⋯⋯.'

적을 유인하려던 그때.

ㅡ그걸로는 안 될걸요.

갑자기 귓전에 알 수 없는 누군가의 목소리가 울려 퍼졌다.

'누구?'

일랑이 의문을 삼키던 그때.

ㅡ이걸 써요.

휘이익!

핑그르르!

갑자기 허공을 찢으며 일랑의 발치에 무언가가 날아들었다.

일랑의 발을 멈추게 한 그것은 다름 아닌 칠흑의 날을 지닌, 알 수 없는 검 한 자루였다.

그리고 그 검의 검날에는.

'멸천(滅天)'이라는 글자가 새겨져 있었다.

# 4장

'……누구?'

일랑은 목소리가 들려온 방향으로 시선을 돌렸지만, 어디에도 목소리의 주인은 보이지 않았다.

분명히 처음 듣는 목소리였지만, 이상하게도 너무나 익숙한 느낌이었다.

머릿속으로 알 수 없는 추억이 떠오르려던 찰나.

스아아!

촤아아!

"……!"

땅에 꽂힌 검에서 끓어오르는 용암 같은 미지의 기운이 흘러넘치기 시작했다.

어느 누구도 말해 주고 있지 않았지만.

'날 향해 울고 있어.'

일랑은 본능적으로 깨달을 수 있었다.

이 검이 자신을 향해 공명하고 있다는 것을.

'……왜 그리 슬프게 우는 거냐.'

일랑이 검을 향해 천천히 손을 뻗었다.

그리고 그 순간.

화르르!

키에에에!

칠흑의 거조가 세차게 날갯짓을 하며 일랑에게 날아들었다.

엄청난 속도로 내리꽂으며 저공비행을 시작하자 열기를 담은 바람이 칼날처럼 주변을 휩쓸었다.

콰가가!

퍼퍼펑!

거센 바람이 공항의 남은 유리창들을 모조리 박살 내었다.

크림슨 피닉스는 단 한 명, 일랑을 향해서만 맹렬히 달려들고 있었다.

그런데 무언가 이상했다.

오만하기 그지없는 시선으로 피조물들을 내려다보던 크림슨 피닉스의 눈빛이 완전히 달라져 있었다.

그 모습이 마치…….

키에에!

잔뜩 겁에 질린 것 같은 형상이었다.

하지만 그것도 잠시.

내리 꽂는 크림슨 피닉스의 모습이 검은 불꽃으로 제련한 한 자루의 창처럼 변화했다.

강대한 음의 마나는 그대로 주변을 초토화시켜 버릴 정도의 위력을 담고 있었다.

우우웅!

우웅!

한데 그때, 느닷없이 심장 박동과 같은 규칙적인 공명음이 주변을 진동시켰다.

"이건?"

"무슨?"

공명음은 공항의 전역으로 퍼져 나갔다.

공항 곳곳에 숨어 있던 사람들이 알 수 없는 소리에 두 눈을 끔뻑였다.

모두가 의문을 떠올리던 그때.

'……역시. 하지만 어떻게?'

일랑에게 검을 건네주었던 유신운 또한 그림자 속에 숨어 알 수 없는 한마디를 되뇌었다.

콰가가!

화르르르!

모든 것을 불태울 크림슨 피닉스의 겁화(劫火)가 대지에 내리꽂히려던 찰나.

　쿠드드드!

　콰르르르!

　거대한 쓰나미가 들이닥친 것처럼 순식간에 피어오른 미지의 기운이 불꽃을 집어삼키기 시작했다.

　그 기운은.

　신운에게는 너무나 익숙한 힘인 순마기였다.

　키, 키에에!

　자신의 기운이 너무나 쉽게 흩어져 버리자 크림슨 피닉스가 기괴한 비명을 내질렀다.

　어둠의 불꽃이 걷히자 모습을 드러낸 일랑은 멸천을 손에 쥐고 배운 적 없던 자세로 검식을 펼치려 하고 있었다.

　일랑의 눈빛은 순마기로 휩싸여 있었다.

　자신의 의식은 사라지고 멸천의 의지를 그대로 수행하고 있었다.

　"……뇌운십이검."

　일랑이 작게 뇌까림과 동시에 가볍게 한걸음 앞으로 나아갔다.


　뇌운십이검 일랑류.

　천마비의(天魔秘意).

흑풍멸훼(黑風滅毁).

콰가가가가!

콰르르르!

멸천의 검 끝에서 순마기가 살아있는 생명체처럼 꿈틀거리기 시작했다.

순식간에 수천 갈래로 몸을 번식시키며 순마기는 폭풍처럼 미쳐 날뛰고 있었다.

SS급 헌터라도 절대 감당하지 못할 가공할 기운의 크기였다.

쐐애액!

촤아아!

하지만 일랑은 조금의 부담도 없이 쉼 없이 수많은 초식을 펼쳐 내고 있었다.

서거걱!

서걱!

무의식의 검무가 펼쳐지며 크림슨 피닉스의 온몸에 끔찍한 상흔이 남고 있었다.

쿠우우웅!

키에에에-!

결국 크림슨 피닉스가 고통을 참지 못하고 처음으로 지면을 나뒹굴었다.

볼품없이 잘려나간 날개들이 주변에서 타오르고 있었다.

키, 키에에…….

크림슨 피닉스는 제대로 된 반항조차 해 보지 못했다.

녀석은 순식간에 모든 전투력을 잃은 이 상황을 이해하지 못한 채 신음을 흘리고 있었다.

화르르!

그런 녀석에게 일랑이 멸천을 쥔 채, 천천히 다가오고 있었다.

차게 식은 일랑의 눈동자에는 조금의 감정도 담겨 있지 않았다.

쐐애액!

이어진 다음 순간, 하늘 높이 치솟은 멸천이 녀석의 목을 향해 그대로 떨어져 내렸다.

서거걱!

섬뜩한 절삭음과 함께 크림슨 피닉스의 몸과 머리가 분리되었다.

말도 되지 않는 일이 벌어진 것이었다.

한 나라의 도시를 멸망시킨 준 재앙급의 몬스터가 1레벨 각성자에게 퇴치당한 것이었으니까.

스아아!

사아아!

자신들의 주인인 크림슨 피닉스가 목숨을 잃자, 하늘을 날던 스네이크 배트들도 끔찍한 비명과 함께 먼지처럼 사라지기 시작했다.

"뭐, 뭐야?"

"누가 물리친 거지?"

공항 안의 사람들은 상황을 제대로 판별하지 못하고 어안이 벙벙해했다.

힘이 풀린 일랑이 멸천을 지팡이처럼 짚고 한쪽 무릎을 땅에 대었다.

'내가 어떻게 한 거…….'

의식이 돌아오기 시작하자 자신의 몸을 감쌌던 미지의 기운이 순식간에 흩어져 사라졌다.

스아아.

털썩.

'검이…….'

그뿐이 아니었다. 기운과 동시에 검 역시 어딘가로 사라졌다.

짚고 있던 검이 사라지자 일랑이 바닥에 쓰러졌다.

참을 수 없는 잠이 쏟아지고 있었다.

"일랑아!"

저 멀리서 호종이 일랑을 향해 뛰어오고 있었다.

흩어지는 의식 속에서.

-조금만 있다가 다시 보자고요.

들려오는 누군가의 목소리를 끝으로 일랑은 정신을 잃고
말았다.

"차단막이 걷힌다!"

"뭐지? 누군가 안쪽에서 적을 쓰러뜨린 모양인데? 랭커들
모두가 진입 시도에 실패했는데 대체 누가?"

"지금 그게 중요한 게 아니야! 다친 시민들부터 구출해!"

출입을 가로막던 변이형 게이트의 차단막이 사라지자 공
항을 에워싸고 있던 헌터들과 구급 부대들이 빠르게 진격해
가고 있었다.

소집된 수많은 길드 중에서 가장 인원이 많은 것은 역시나
화이트웨일이었다.

그렇게 헌터들에 의해 사람들이 하나둘씩 빠르게 구출되
어 가는 찰나.

홀로 높은 허공에 떠올라 구름 속에 모습을 숨긴 채, 아래
를 관조하고 있는 이가 있었다.

초고가의 아티팩트인 은막(隱幕)의 망토로 철저히 자신의
모습을 숨기고 있는 그의 정체는.

다름 아닌 그리핀의 칠성좌 중 세 번째 권좌를 차지하고
있는 흑영성(黑影星) 알베르토였다.

그는 여조규의 명을 듣고 서울 게이트의 폭주를 실행하기 위해 온 참이었다.

본래의 계획대로라면 이 공항을 시작으로 근접한 지역 자체를 모조리 잿더미로 만들었어야 했다.

그러나 계획은 실패했다.

하지만 그의 입가에는 잔혹한 미소가 지어져 있었다.

"게이트의 '초변이'가 실패로 돌아간 건 아깝지만……."

알베르토의 시선에 들것에 실려 나가는 일랑의 모습이 담겨 있었다.

"수확이 더 크군. 이렇게 '그릇'을 찾을 줄은 몰랐는데 말이야."

그는 먹잇감을 발견한 듯 입술을 혀로 훑었다.

본래의 계획도 중요도가 매우 컸지만, 그릇의 발견에 비할 바는 아니었다.

그릇의 수색은 현재 여조규 회장의 지상 과제였으니까.

"후후, 이대로 돌아가 보고를 마치면 불사왕을 좇는 창마성보다 내가 더 큰 포상을 얻을 수 있겠어."

알베르토는 포상으로 무엇을 달라고 할지, 머릿속으로 상상하며 즐거워했다.

하지만 그러다가 무언가 꺼림칙한 구석이 생각났는지, 다시 고개를 돌려 일랑을 바라보며 혼잣말을 했다.

"……그런데 검은 어디서 나타난 거지? 그릇이 지닌 자체적인 능력인가?"

"그게 궁금한가?"

"……!"

느닷없이 귓전에 울려 퍼지는 불청객의 목소리에 알베르토가 깜짝 놀라며 제 손을 휘저었다.

쐐애액!

콰가가가!

은막의 망토 속에서 날카롭게 벼려진 그림자의 칼날이 목소리가 들려온 허공을 난도질했다.

흑영성(黑影)이라는 이명을 얻게 해준 섀도우 로드의 권능이 펼쳐지고 있었다.

크림슨 피닉스 따위는 가볍게 해치울 위력을 가볍게 쏟아내었지만, 알베르토의 표정은 어두웠다.

'베어 낸 감각이 없었다. 적은 어디에 있는 거지……?'

조금의 더딤도 없이 본능적으로 반격을 펼쳤지만, 자신의 공격이 실패한 것을 알아차렸기 때문이었다.

알베르토의 등줄기로 식은땀이 흘러내리고 있었다.

'어떻게 조금의 기운도 느껴지지 않을 수가 있지? 상대도 은막의 망토를 지니고 있는 건가? 아니야, 그럴 리가 없어. 분명히 회장님이 이건 세계에 하나밖에 없다고…….'

드넓게 펼쳐진 허공의 어느 곳에도 적의 기운이 감지되지 않았기 때문이었다.

한데 그때, 또다시 목소리가 울려 퍼졌다.

"그림자라면 나도 조예가 좀 깊지."

"크윽!"

알베르토는 소름이 끼쳐왔다.

목소리는 더욱 가까이에서 들려오고 있었다.

그가 마나를 더욱 끌어 올리며 손을 뻗었다.

그르릉!

크와아아!

손에서 뻗어 나간 마나는 이내 그림자로 변화하여 있었다.

그리고 그림자는 거대한 사냥개의 형상으로 바뀌어 적을 물어뜯으려 달려들었다.

"어딜 강아지 따위로."

우우웅!

그아아!

'……저게 무슨?'

풉, 하는 가벼운 비웃음과 함께 목소리의 근원지에서 가공할 기운이 흘러넘치기 시작했다.

몬스터들만이 사용하는 음의 마나가 주변을 그대로 포식했다.

그러곤 거대한 괴물의 아가리처럼 벌어진 그곳에서.

"……흐읍!"

푸른 안광을 흩뿌리며 나타난 그림자 기사가 자신의 검으로 사냥개를 그대로 그어 내렸다.

서거걱!

깨갱!

"크윽!"

그림자 사냥개가 단말마의 비명과 함께 소멸했다.

알베르토는 당혹감을 숨기지 못했다.

단순히 역소환으로 기운의 타격을 입었기 때문이 아니었다.

'여, 역소환이 아니라 그냥 존재가 소멸됐다고? 말도 안……!'

벌어질 리가 없는 일이 벌어졌기 때문이었다.

불멸의 상징인 정령과도 같은 그림자 소환수가 소멸하다니.

알베르토가 끝까지 적의 위치를 파악하지 못하던 그때.

"시시하군. 여긴 보는 눈이 많으니 장소를 좀 옮겨 볼까."

"……!"

스아아아!

딱, 하는 손가락 튀기는 소리와 함께 주변의 풍광이 뒤바뀌기 시작했다.

"흐읍!"

갑자기 주변의 형상이 백색으로 물들기 시작했다.

혼란한 알베르토의 머릿속에 지난 날 같은 칠성좌 중 한 명인 술법성이 스쳐 지나가듯 해 주었던 조언이 떠올랐다.

-퍼스널 필드에 갇히는 순간 끝이라고 보면 돼. 완전히
갇히기 전에 무조건 이 이스케이프 스크롤을 사용하라고.


　그가 급히 스크롤을 꺼내기 위해 품속에 손을 집어넣던 그
때.

　쐐애액!

　피유유웅!

　공기가 찢어지는 파공성이 쏟아졌다.

　백색으로 물든 대지에서 또 다른 누군가가 알베르토를 향
해 총격을 쏟아부은 것이었다.

　콰드득!

　"크아악!"

　섬뜩한 파육음과 함께 알베르토의 손등에 커다란 구멍이
뚫려 버렸다.

　쿠우웅!

　알베르토가 순간적으로 끔찍한 고통에 기운의 컨트롤을
실패하고 땅으로 추락했다.

　"쿨럭! 크윽!"

　날개를 잃은 새처럼 비참한 꼴로 땅에 떨어진 알베르토는
한 움큼 피를 토했다.

　하지만 고통에 몸부림치기 전에.

　자신을 땅에 추락시킨 상대를 확인한 알베르토의 눈동자

가 지진이라도 난 듯이 흔들렸다.

"……저, 저건?"

백골만 남은 의문의 스켈레톤이 너무나 낯익은 미니 건을 들고 있었다.

분명히 죽었다고 전해 들은 사수성, 도우찬이 사용하던 염동력을 담은 레이저 블래스트였다.

"어때, 반갑지?"

그때, 스켈레톤의 옆에서 생전 처음 보는 남자가 모습을 드러냈다.

대회의에서 분명히 보았던 인물이었다.

'…독왕? 저자가 왜?'

하지만 유신운은 상대의 의문에 답해 주지 않았다.

그저 너무나 소름끼치는 한마디를 내뱉을 뿐이었다.

"곧 너도 같은 꼴이 될 테니까. 반갑게 인사해 두라고."

"퉤! 그래, 그렇게 된 거군. 네놈이 모든 일의 배후였던 거야."

알베르토가 핏물을 뱉으며 유신운을 죽일 듯이 노려보았다.

그의 전신에서 살벌하기 그지 없는 기운이 넘실거리고 있었다.

평범한 사람이었다면 기운에 눌려 바로 숨을 쉴 수조차 없을 정도의 힘이었지만.

유신운은 그 모습을 보며 가소로워 어쩔 줄 모른다는 표정을 짓고 있을 뿐이었다.

"허, 당연한 얘기를 너무 진지하게 하니 어떻게 반응해 줘야 할지 모르겠네."

"닥쳐라!"

유신운의 조롱에 알베르토가 버럭 소리를 내질렀다.

'한마디, 한마디가 속을 긁어 놓는군. 빌어먹을 원숭이가!'

스아아!

알베르토는 일단 회복부터 하기로 마음먹고 새로운 영수(影獸)를 꺼냈다.

거대한 지렁이처럼 생긴 영수가 그의 손등을 휘감았다.

우우웅!

뻥 뚫린 구멍에서 피가 쏟아지고 있던 손이 빠르게 회복되고 있었다.

그의 클래스인 섀도우 로드는 여러 능력을 지닌 영수들을 부릴 수 있는 힘 또한 지니고 있었다.

어느새 완전히 손이 회복되자 알베르토는 반격을 준비했다.

스아아!

한 마리의 영수가 더 모습을 드러냈다.

그림자로 이루어진 거대한 새가 날개를 펄럭이며 나타났다가 이내 알베르토의 등에 내려앉았다.

그러자 마치 윙슈트를 입은 것처럼 그림자 날개가 그의 몸과 하나로 연결되었다.

파아앙!

그림자 날개가 펄럭이자 공기가 찢어지는 파공성과 함께 알베르토가 단번에 유신운이 선 하늘로 올라섰다.

"이번 한 번은 어떻게 빈틈을 노려 기습을 성공했다만. 이제부터는 완전히 다를 거다."

조금의 미동도 없는 유신운을 노려보며 알베르토가 한 글자, 한 글자 힘을 주어 말했다.

그러나 유신운은 지겹다는 듯 고개를 가로저으며 귀를 팔 뿐이었다.

"뭐, 지금까지 싸웠던 모든 놈들이 그 말을 하더라고."

그 말과 함께 유신운이 허공에 자신의 손을 뻗었다.

우우웅!

공명음과 함께 허공이 아지랑이처럼 물결치더니 작은 균열이 발생했다.

그리고 그 속에서 곧 용독겸이 서늘한 이빨을 드러냈다.

"그 뒤에는 전부 다 똑같이 내게 처발렸지만."

암녹(暗綠)의 독기를 내뿜는 용독겸을 손에 쥐며 유신운이 비릿한 미소를 지어 보였다.

하지만 알베르토 또한 밀리지 않고 자신의 힘을 개방하며 맞섰다.

"갈기갈기 찢어 죽여 주마, 원숭이!"

파아앗!

알베르토가 엄청난 속도로 앞으로 돌격해 나갔다.

전광석화처럼 쇄도하는 가운데 알베르토의 그림자 날개가 살아 있는 생명체처럼 퍼덕였다.

'원숭이 따위가 내 속도를 쫓아올 수 있을 것 같으냐! 비열하게 독이나 뿌리는 주제에!'

속도만큼은 길드의 누구와 비교해도 밀리지 않는다고 자부하는 알베르토는, 자신의 속도에 경악한 듯 아무런 반응도 못하고 있는 유신운을 비웃었다.

처척!

스르릉!

물결치던 그림자 날개가 순식간에 날카로운 칼날처럼 결정화되었다.

날아드는 속도 그대로 유신운에게 부딪치며 그대로 베어낼 생각이었다.

그때, 유신운이 머리 위로 융독겸을 높이 들며 기수식을 취했다.

"과도하게 정직하군. 멍청하게 말이야."

가로로 날아드는 알베르토와 유신운의 세로 겸식이 십자로 교차하려 하고 있었다.

뇌운십이검.

겸형(鎌形).

뇌운직강 진(眞).


그저 들고 있던 거대한 낫을 그대로 내리긋는 일차원적인
모습이었지만.

그아아아!

콰가가가!

'무슨?'

그 평범한 형태에 담겨 있는 무리(武理)는 상상을 초월했
다.

자신의 눈앞으로 압도적으로 파괴적인 기운이 깔리기 시
작하자, 알베르토가 당혹감을 숨기지 못했다.

'이, 이대로 충돌했다간 반으로 쪼개지는 건 저놈이 아닌
나다.'

목공소에서 톱에 잘리는 자재처럼 처참한 결말이 날 것을
직감한 알베르토가 결국 온힘을 다해 자신의 동작에 브레이
크를 걸었다.

피이잉!

알베르토가 유신운과 부딪치기 직전 그대로 방향을 꺾어
다른 곳으로 피했다.

"크으윽! 쿨럭!"

억지로 행동을 멈추자 반작용으로 온몸에 엄청난 부하가
발생했다. 알베르토의 입에서 검은 피가 새어 나오고 있었
다.

　'젠장, 기습과 원거리 공격이 주특기인 줄 알았더니. 근접
전투에도 일가견이 있다는 건가! 무슨 말도 안……!'

　"흐읍!"

　알베르토가 적의 전력을 다시 평가하던 그때.

　갑자기 방향을 튼 그에게 느닷없이 수십 갈래의 광선이 날
아들었다.

　"네 친구도 잊지 말라고."

　사수성, 도우찬의 스켈레톤이 유신운의 명령으로 그가 도
망칠 위치를 정확히 포착한 것이었다.

　피유유융!

　퍼퍼펑!

　알베르토가 광선에 적중당하자 거대한 폭발이 일어났다.

　피유유융!

　피유유융!

　자신의 공격이 성공하자 사수성 스켈레톤이 미친 듯이 총
격을 난사하고 있었다.

　콰드득.

　스켈레톤의 뼈대에 무리가 가서 파편이 튈 정도로 광기 어
린 모습이었다.

광전사(Berserker)가 된 것이 아닐까 싶을 정도의 광경에 유신운 또한 놀란 표정이 떠올랐다.

'뭐지? 헌터를 매개체로 삼은 스켈레톤은 뭔가 또 다른 힘을 지니고 있는 건가?'

유신운의 눈에 오랜만에 원초적인 호기심이 깃들었다.

'생각지 않은 소득이군. 이후에 조금 더 연구해 볼 가치가 있겠어.'

"으아아! 도우찬, 이 미친놈이!"

포화 속에서 겨우 빠져나온 알베르토가 스켈레톤에게 날아들었다.

어느새 그의 손에 그림자의 창이 들려 있었다.

그대로 알베르토가 스켈레톤에게 창을 쏘아 냈다.

쐐애액!

콰가가가!

자신의 두개골을 박살 낼 기세로 날아들고 있었는데도 스켈레톤은 조금도 피할 생각이 없이 머신건의 총구를 그대로 알베르토에게 겨누고 있었다.

자신이 죽는다 하더라도 알베르토의 몸에 바람구멍을 낼 생각인 것 같았다.

우우웅!

슈웅!

하지만 그런 일은 벌어지지 않았다.

유신운이 손가락을 튀기자 스켈레톤의 발밑에 소환진이 펼쳐졌다.

적의 공격이 닿기 전에 미리 역소환을 해 놓은 것이었다.

'완파되면 재소환에 시간이 걸리니까.'

연구를 위해 잠시 넣어놓자고 생각한 유신운이었지만, 알베르토는 완전히 다르게 오해한 듯했다.

"하하, 소환수를 유지할 마력이 끝났나 보지? 이제 네놈은 끝이다!"

포격에 당해 온몸이 먼지투성이가 된 상태였지만, 알베르토는 기세등등했다.

스켈레톤을 회수하는 것을 보고는 유신운의 마나가 한계에 다다랐다고 홀로 착각한 것이었다.

'나 때는 안 그랬는데 그리핀에도 제대로 된 놈은 하나도 없군.'

유신운은 혼자서 헛소리를 지껄이는 알베르토를 보며 고개를 가로저었다.

그러곤 조화신기를 담은 손을 작게 흔들었다.

"하지만 이걸 어쩌지? 난 아직 마지막 힘을 사용하지 않았는데 말이야!"

그러던 그때, 알베르토 또한 자신이 가지고 있는 최후의 비기를 사용했다.

우우웅!

그아아아!

순간, 그의 그림자 날개가 그의 전신을 감쌌다.

그림자는 칠흑의 장막이 되어 그 모습이 마치 무언가를 품고 있는 알처럼 변모했다.

지금까지와는 비교가 되지 않는 몇 배에 달하는 기운이 알베르토에게서 휘몰아쳤다.

우우웅!

파아아앗!

그와 동시에 유신운이 조화신기를 담은 용독겸을 휘둘렀다.

초승달 모양의 겸기가 수백 갈래로 불어나며 그림자의 알을 두드렸다.

퍼퍼펑!

콰가가강!

거대한 폭음이 연이어 울려 퍼졌지만, 아쉽게도 유신운의 공격은 어느 하나도 성공하지 못했다.

그림자의 알은 어떠한 작은 흠집도 존재하지 않았다.

그아아!

그리고 다음 순간.

마침내 알이 다시금 펼쳐지며 그 속에서 그림자 그 자체와 일체(一體)가 된 알베르토가 제 모습을 드러냈다.

머리를 제외한 모든 신체의 부위를 수천, 수만의 영수들이 뒤섞인 혼합체가 대신하고 있었다.

인간의 형태를 벗어난 괴물이 된 알베르토가 유신운을 보며 살기를 내뿜고 있었다.

"영수왕(影獸王), 밴더스내치(Bandersnatch)의 힘을 보여 주마!"

파아앗!

콰르르르!

그림자들의 왕이 된 알베르토가 자신의 거체를 움직였다.

건물이 움직이는 것 같았지만, 그 속도는 이전과 비교할 수 없이 빨랐다.

'겁을 먹었군!'

알베르토가 유신운의 눈에서 숨길 수 없는 공포의 감정을 읽곤 비릿한 미소를 지어보였다.

찰나의 순간 만에 유신운의 코앞에 도착한 알베트로가 우뚝 솟은 소나무 같은 팔을 움직였다.

"크억!"

도망칠 새도 없이 그림자의 손에 사로잡힌 유신운이 고통에 찬 신음을 쏟아 냈다.

"이제 독 안에 든 쥐구나, 독왕."

먹잇감을 포착한 짐승의 그것처럼 알베르토의 사악한 눈동자가 살기를 토해 냈다.

푸푹!

푸푸푹!

유신운을 붙잡은 그림자의 손에서 칼날처럼 날카로운 송곳이 돋아나며 유신운의 온몸을 찔러 댔다.

"크아아악!"

"어디 한 번 아까처럼 건방지게 아가리를 놀려 보시지?"

자신의 장난감 신세가 된 유신운을 보며 알베르토가 의기양양한 미소를 지어 보였다.

당장이라도 사지를 찢고 싶었지만 그리핀의 여조규 회장의 당부를 떠올리며 겨우 욕망을 참아 냈다.

"클클, 조금만 가지고 놀다가 그대로 회장님께 데려가 주마. 그럼 너도 이제 끝……?"

알베르토가 말을 멈췄다.

'뭐지, 이건?'

갑자기 알 수 없는 위화감을 느낀 탓이었다.

자신의 손에 붙잡힌 유신운을 묵묵히 지켜보던 알베르토는 조금씩 떨리는 목소리로 말을 꺼냈다.

"네놈…… 왜 피가 흐르지 않지?"

그랬다.

그림자 칼날이 분명히 적을 꿰뚫었건만, 상대의 상처에서는 한 방울의 피도 흐르지 않고 있었던 것이다.

이게 어떻게 된 일이지?

"크으윽!"

갑자기 머리가 깨질 듯이 아파 왔다.

걷잡을 수 없는 통증에 자신도 모르게 알베르토는 손아귀에 쥐고 있던 유신운을 놓치고 말았다.

처척.

방금까지 고통에 찬 표정으로 신음하던 유신운이 언제 그랬냐는 듯, 허공에 멀쩡히 멈춰 섰다.

그러고는.

마치 지금 알았냐는 듯.

멀쩡하기 그지없는 모습으로 그를 마주 보았다.

독왕의 입술이 움직이기 시작했다.

'……뭐라고?'

알베르토는 저도 모르게 상대의 말을 읽어 냈다.

유신운은 마치 정확히 보라는 듯, 또박또박 말을 내뱉었다.

'꿈에……서, 깨어……라?'


　-꿈에서 깨어라.


그리고 알베르토가 그 말을 인식한 순간.

똑.

잔잔한 수면에 빗방울이 떨어진 듯.

스아아아!

촤아아!

갑자기 현실의 모습 전체가 뒤흔들리며 완전히 다른 모습으로 변모해 갔다.

알베르토가 '환상'에서 깨어나 확인한 것은…….

"끄아아아악!"

온몸에서 느껴지는 상상할 수 없는 끔찍한 고통이었다.

"우으으, 우어어!"

이게 어떻게 된 일이냐고 말을 하고 싶었지만.

도저히 제대로 된 말을 할 수가 없었다.

통제권을 잃은 몸뚱이가 아닌 겨우 눈알을 굴려 아래를 내려다보았다.

"히이익!"

와드득!

콰드득!

그러자 통제력을 잃은 그림자 괴수들이 도리어 자신의 사지를 씹어 삼키고 있었다.

그리고.

"이런."

적은 자신의 머리에 손을 올리고 있었다.

알베르트가 올려다본 유신운은, 조금의 감정도 담기지 않은 눈으로 그를 내려다보는 중이었다.

유신운이 조화신기를 담아 손을 흩뿌렸을 때, 이미 알베르토는 유신운이 펼친 환혹의 힘에 정신을 잃었던 것이다.

"뇌를 헤집고 있는데 벌써 깨면 어떻게 하나."

"끄, 끄으. 사, 살려……!"

한 번도 경험해 보지 못한 소름끼치는 고통에 알베르토는 바로 목숨을 구걸했지만.

"뭐, 아파도 참으라고. 아직 맘에 드는 정보를 찾으려면 한참 남았으니까."

유신운은 악마의 그것과 같은 미소를 지어 보일 뿐이었다.

서울, 그리핀 본부.

지하 7층, 1급 금실(禁室).

칠성좌를 제외한 그리핀의 그 누구도 존재 자체를 모르는 지하 공간.

핵폭발에서도 살아남을 수 있게 설계된 이곳은 그리핀의 회장, 여조규의 비밀 벙커였다.

온갖 아티팩트와 초절한 헌터들을 데리고 와 마법공학적으로 구현해 낸 절대적인 안전지대.

하지만.

그것조차도 여조규의 속임수였다.

지금 통로를 거닐고 있는 일성좌, 기사성 알렉스만이 이곳의 진정한 정체를 알고 있었다.

위잉!

'점점 더 방출되는 에너지가 심해지는군.'

겹겹이 막고 있는 철벽의 문이 열리며 안쪽으로 들어설수록 참기 힘든 흉험한 기운이 흘러 넘치고 있었다.

세계 헌터 중 세 손가락에 드는 그조차 기운을 막아 내는 것이 쉽지 않을 정도이니, 평범한 이들이었다면 그대로 먼지가 되어 사라졌으리라.

위잉!

이윽고 마지막 문이 열렸다.

"회장님을 뵙습니다."

사람의 형상이 보이자 알렉스가 눈조차 마주치지 않고 곧바로 한쪽 무릎을 꿇으며 고개를 조아렸다.

이 방에 머물 수 있는 자는 오로지 여조규뿐이었기 때문이었다.

"왔나."

하지만 무언가 이상했다.

들려오는 목소리가 탁한 노인의 음성이 아니었다.

갓 성인이 된 것 같은, 아직 앳됨이 사라지지 않은 청명한 목소리가 울려 퍼지고 있었다.

"자네도 참, 우리 사이에 끝까지 예의를 차리기는……. 일어나게."

"예."

알렉스가 여조규의 말에 일어나며 눈을 마주쳤다.

그러자 그의 앞에 노인이 아닌 헌앙한 젊은 사내가 모습을 드러냈다.

이 공간에 회장이 아닌 침입자가 있을 수는 없기에 곧바로 베어 넘겨야 했지만…….

이내 알렉스의 눈동자에 분노가 아닌 감동의 빛이 서렸다.

"감축드립니다, 회장님! 드디어 '힘'을 전부 되찾으셨군요!"

놀랍게도 알렉스는 눈앞의 사내를 회장이라 부르고 있었다.

그랬다.

선한 인상으로 웃는 이 사내가 바로 작금의 여조규였다.

"허허, 맞네. 역시 자네에게는 숨길 수 없군."

알렉스는 감동할 수밖에 없었다.

눈앞의 젊은 여조규의 모습이 바로 흑검황(黑劍皇)이라 불리며, 전 세계 헌터들 중 최강자로 군림하던 그때의 모습과 똑같기 때문이었다.

30년 전, 탑에 들어가 홀로 재앙급 몬스터를 막다가 모든 힘을 잃고 평범한 인간으로 돌아왔던 그가 전성기의 힘을 되찾아 있었다.

하나 그것도 잠시.

감동에 젖어 이곳에 온 이유를 잠시 망각했던 알렉스가 여조규에게 말을 꺼냈다.

"회장님, 급보가 전해져 연락드리기 위해 왔습니다."

하지만 여조규는 말을 할 필요가 없다는 듯, 작게 고개를 주억거렸다.

의아해하는 알렉스에게 여조규가 차분한 목소리로 말을 이어갔다.

"말해 주지 않아도 되네. 알베르토, 그 친구가 죽었다는 이야기겠지."

"……!"

알렉스는 깜짝 놀랄 수밖에 없었다.

알베르토의 생체 반응이 끊어졌다는 소식이 들려온 지 5분도 채 지나지 않았기 때문이었다.

"흐음, 어찌할꼬. 칠성좌에 공석이 두 자리나 생겨 버렸군. 언론이 시끄러워지겠어."

"범죄 행위를 확인하여 회 내에서 척결했다는 것으로 하여 언론은 입막음하겠습니다."

"그래, 그렇게 하시게."

사적 살인을 했다는 것으로 사실을 덮어 버리겠다는 말을 하는데도, 여조규는 그것을 허락하고 있었다.

그렇게 공지해도 대한민국의 어떠한 공권력조차 건드리지 못하는 현실.

현재 그리핀이 어떤 위상을 지니고 있는지를 보여 주는 방

증이었다.

"그리고 공석에는 자네가 적당한 이들로 올리게. 어차피 자네와 법성(法星) 말고는 보여 주기식 간판일 뿐이니까."

"따르겠습니다. 그리고……."

다음 소식을 전하려던 알렉스는 잠시 멈칫했다.

현재 그리핀 소속 모든 헌터들이 해치우려 집중하고 있는 존재에 대한 이야기였기 때문이었다.

"……배후는 아직 파악 중입니다만, 한 명으로 압축되고 있습니다."

"클클, 빤하지. 독왕. 아니, 강태하 그 녀석 아니겠나."

"……면목 없습니다."

웃음을 흘리는 표정과 달리 여조규의 두 눈에 짙은 살기가 흘러넘치고 있었다.

스아아!

촤아아!

그런 감정의 변화에 컨트롤 중이었던 여조규의 기운이 바깥으로 조금 흘러 넘쳤다.

'크윽!'

세계 최강의 헌터라고 불렸던 것은 허명이 아니었는지, 알렉스조차 쉽사리 버틸 수 없는 엄청난 기운이 진동했다.

알렉스의 입가에 핏물이 흐르자 여조규가 그제야 자신의 기운을 갈무리했다.

"아, 미안하네. 허허, 회춘을 했더니 사소한 일에도 흥분을 하고 마는군."

"부족한 실력 탓에 송구스럽습니다."

힘을 회복하며 이미 자신의 경지 정도는 아득히 넘어 버린 여조규에 알렉스는 그저 감탄할 수밖에 없었다.

그러던 그때, 알렉스가 조심스럽게 말을 건넸다.

"……한데 망자를 다루는 녀석의 능력이라면 이곳의 존재도 알려졌을 겁니다. 다른 곳으로 거처를 옮기시는 게 어떻겠습니까, 회장님."

불사왕 강태하는 죽기 전 그리핀 전체를 쑥대밭으로 만든 이력이 있었다.

그때의 충격과 반성으로 '반(反) 사령요새'로 만들어 놓은 본사이기는 하나, 알렉스는 걱정이 앞섰다.

하지만 그의 말에 여조규는 비릿하게 한 쪽 입꼬리를 말아 올릴 뿐이었다.

"그럴 필요 없네. 아니, 오히려 좋지."

"예?"

"제 죽을 곳으로 찾아온다는데 막을 필요가 있겠나."

우우웅!

여조규의 말이 끝남과 동시에 허리춤에 매달린 검에서 울부짖음이 느껴졌다.

당장이라도 적을 베어 버리고 싶다는 듯, 사이하기 그지없는 울림이었다.

"일단 놈을 죽이는 건 두 번째야. 일단 게이트를 촉발시키는 데에 집중하게. 그 일이 끝나면 알아서 놈은 해치우게 되어 있으니까."

"예."

"그럼 나가 보게."

"존명!"

예를 갖춘 알렉스가 다시금 들어온 문을 통해 나갔다.

홀로 남은 여조규가 어떠한 감정도 느껴지지 않는 무표정으로 바뀌었다.

천천히 벽 쪽으로 움직인 그가 숨겨진 장치를 작동시켰다.

철컥.

드그그극!

그러자 비밀 장소가 펼쳐졌다.

통로를 통해 움직이는데 짙은 피비린내가 코끝을 간지럽혔다.

"강태하…… 아니, 유신운."

어두운 암흑이 걷히자 수많은 시체들이 널브러져 있었다.

거대한 공동에 의식에 쓰이는 제단이 설계되어 있었다.

유신운이 본다면 익숙한 구조라고 생각했으리라.

혈교의 본단에 있던 제단과 완전히 똑같은 형상이었기 때문이었다.

스아아아!

촤아아!

제 주인의 등장을 알아챈 것일까. 여조규의 전신에서 뿌려진 기운이 지면을 타고 흘러 제단에서 빛을 발하기 시작했다.

제단이 활성화되며 가운데에 거대한 기운의 와류가 펼쳐졌다.

태풍과 같은 그 거대한 기운을 보며 여조규가 짐승의 것과 같은 미소를 머금었다.

"클클, 솔직히 고맙다고 해야겠군. 네놈이 날 따라와 줌으로써 새로운 가능성이 열렸으니까."

여조규의 몸이 부유하며 천천히 기운의 폭풍에 가까이 다가갔다.

스아아!

그와 동시에 거대한 기운이 여조규의 신체로 스며들기 시작했다.

여조규는 포식자처럼 그 기운을 조금도 남기지 않고 맛있게 먹어치우고 있었다.

-끄아아아아!

-크아아아!

-꺄아아아!

그때 수백, 아니 수만의 비명이 그의 귀에 들려왔다.

하지만 그 귀곡성이 여조규는 아름다운 교향곡처럼 들렸다.

"불로에 눈이 먼 인간을 집어 삼켜, 새로운 힘과 몸을 얻었지."

여조규의 혼잣말이 들리던 그때.


-내놔라! 내놔! 내 몸을! 내……!


초로의 늙은이가 내뱉는 끔찍한 목소리가 울려 퍼졌다.

본디 몸의 주인, 여조규의 목소리였다.

그때.

기운을 흡수하던 여조규의 눈이 엘더 드래곤의 그것과 같은 세로 동공으로 열렸다가 닫혔다.

그랬다.

혈교주는 자신을 찾아낸 여조규를 유혹해 그의 육신을 먹어치운 것이었다.

"네놈도 차원을 넘으며 능력이 봉인되었겠지. 그 시간이 네놈을 죽음으로 이끄는 족쇄가 될 것이다."

혈교주가 자신의 힘의 절반이 돌아온 것을 깨달았다.

"네놈이 넘어옴으로써 이 세계의 균열석이 다시금 태어났다. 그것만 먼저 찾아내면 난 다시금 진정한 신이 될 수 있으리라. 크하하하!"

그리곤 보이지 않는 저 벽 너머를 바라보며 뇌까렸다.

"흠, 지하 7층이라……."

알베르토의 기억을 헤집고 모든 정보를 파악한 유신운이
잠시 생각에 잠겼다.

미지의 존재가 여조규에게 힘을 주고 있고.

여조규는 지하 7층에서 하루가 지날수록 강해지는 중이
다.

일단 지금 중요한 정보는 이 두 개였다.

여조규의 배후에 있는 존재.

'역시나 엘더 드래곤이겠지.'

유신운은 기억 속에서 느낀 기운의 잔재만으로도 이미 혈
교주의 정체를 가늠해 냈다.

엘더 드래곤은 자신보다 훨씬 오래 이 세계에서 힘을 회복
했으리라.

지하 7층을 드래곤의 레어처럼 만들어 둔 뒤 협회 건물을
자신에게 대항할 수 있게 특화된 요새처럼 꾸며 놨겠지.

상대는 대놓고 함정을 만들어 놓은 다음, 그런 곳으로 자
신을 유인하고 있었다.

평범한 이라면 이런 계획을 간파했으면 다른 방법을 찾아

보았으리라.

……하지만.

'재밌네.'

유신운은 그저 즐거워하고 있었다.

어떻게 발버둥을 쳐도 상대를 짓밟고 박살 낼 자신이 있었기 때문이었다.

'금제의 회복 속도를 더 키워야겠어.'

이 세계에 존재하는 동안 금제의 회복은 점점 예상보다 느려지고 있었다.

그러나 회복할 방법은 이미 찾아 놓은 상태였다.

유신운의 눈이 자신이 펼친 공간의 너머를 바라보고 있었다.

그곳에는 초토화된 공항.

그리고 적들이 펼쳤던, 이형의 게이트가 열렸던 흔적이 있었다.

'제 꾀에 넘어가게 해 주지.'

유신운이 악당처럼 웃어 보였다.

스아아!

촤아아!

그 순간, 유신운이 펼쳤던 공간이 점차 빛을 잃고 사라지고 있었다.

"끄으으으, 컥."

"아, 까먹고 있었네."

그와 동시에 유신운의 스킬로 모든 기억을 빼앗기고 백치가 된 알베르토가 침을 질질 흘리며 신음을 흘리고 있었다.

"그만 사라져라."

딱!

유신운이 그런 놈을 보며 손가락을 튀기자 녀석의 몸이 모래처럼 흩어지며 사라졌다.

세상을 뒤흔드는 칠성좌의 최후라고는 생각되지 않을 정도로 허무할 뿐이었다.

어느새 현실은 짙은 밤이 깔려 있었다.

창공에 계단이라도 있는 것처럼 서있던 유신운은 조용히 뇌까렸다.

"필요한 건 시간. 그리고 성공할 때까지 이곳을 지켜 줄 존재인가……."

유신운은 말을 내뱉은 후 생각에 잠겼다.

이 세상에서 유신운 자신을 제외하면 잠시라 해도 그리핀과 맞설 수 있는 존재는 없었다.

화이트 웨일도 목소리만 낼 수 있다 뿐이지, 본격적으로 각을 세우는 순간 고수의 차이의 숫자로 순식간에 전멸당하리라.

그렇다면 그가 생각할 수 있는 건 한 명뿐이었다.

유신운은 자신이 맡긴 검을 아무렇지 않게 사용하던 한 소년을 떠올렸다.

"후, 여기서도 어쩔 수 없이 신세를 져야겠군."

<br>

서울 강서구, 종합병원.

이곳은 화이트웨일과 업무 협약이 되어 있는 병원이었다.

공항에서의 사건으로 다친 모든 환자들이 이곳으로 이송되어 있었다.

그러나 일반적인 환자와 달리 한 명만은 길드의 특별 지시 사항으로 VIP 병실에 입원되어 있었다.

크게 다쳤기 때문이 아니었다.

"잠깐이면 됩니다! 인터뷰만 잠깐 할 수 있게 해 주세요!"

"피닉스를 단칼에 베어 넘겼다는 목격이 있다는데 사실입니까!"

"화이트웨일이 뭔데 시민들의 알권리를 막는 겁니까!"

"능력자가 아니라 아직 고등학생입니다! 여러분이 이럴까 봐 특별 관리를 하고 있는 거고요!"

VIP 병동의 살짝 열린 문틈으로 기자들의 목소리가 울려 퍼지고 있었다.

일랑이 장사진을 치고 있는 기자들을 보며 고개를 절레절레 가로저었다.

"진짜 난리네."

그러곤 혼잣말을 했다.

VIP 병동은 모두 1인실이었다.

하지만 일랑은 분명히 아무것도 없는 창문 옆을 바라보며 말했다.

"그렇죠?"

그 말과 동시에.

느닷없이 한줄기 바람이 일며 모습을 숨기고 있던 유신운이 천천히 나타났다.

# 5장

잔잔하게 가라앉은 호수처럼 흔들림 없는 눈빛으로 자신을 바라보고 있는 소년.

유신운이 이채가 담긴 눈빛으로 일랑을 마주 보았다.

일단 자신이 이곳에 존재함을 깨달은 것 자체가 놀라웠다.

조화신기가 담긴 유신운의 눈에 침상에 누운 일랑의 몸 주변에서 조용하게 침잠하고 있는 진마기가 보이고 있었다.

'멸천을 사용하기 편하라고 그냥 기운을 한번 불어 넣어 준 것뿐인데.'

조화신기와 마찬가지로 순마기는 의지를 지닌 기운이었다.

자격이 없는 주인이라면 뒤도 안 돌아보고 바깥으로 빠져

나가 사라졌으리라.

하지만.

'기운을 운행하는 방법은 모르지만, 그저 본능적으로 다스리고 있는 건가.'

멸천을 통해 흡수한 진마기가 빠져나가지 않도록, 자신의 단전에 차분히 모아 놓아 있었다.

따닥.

파즈즈!

유신운이 가볍게 손가락을 튀기자 주변의 공간이 새하얗게 변하며 단번에 얼어붙었다.

그런 기현상에도 일랑은 크게 놀라지 않았다.

그저 침상에서 몸을 일으키며 말을 건넬 뿐이었다.

"그쪽이 절 구해 준 것 맞죠?"

"그쪽이라니, 생명의 은인에게 버르장머리가 없구나."

"……도와준 건 고마운데, 이상하게 그쪽한테 존댓말을 쓰고 싶진 않네요."

유신운은 일랑의 당당한 태도에 피식 웃고 말았다.

'아무래도 영감님인 것 같은데, 얼굴도 똑같지만 성격도 개차반인 게 똑같네요.'

무림의 일랑이 들었다면 뒤통수를 세게 후렸을 테지만, 이곳은 자신의 세계니까.

그러다가 이내 유신운의 표정이 차게 식었다.

'젠장.'

자신을 살리려 희생한 마지막 모습이 떠오른 까닭이었다.

유신운의 일랑을 바라보는 눈에 복잡한 감정이 담겼다.

그 모습을 조용히 지켜보던 일랑이 조심스럽게 말을 꺼냈다.

"근데 혹시 저의 먼 친척인가요?"

"왜 그렇게 생각하지?"

"글쎄요. 저도 모르겠네요. 이상하게 그쪽을 보는데 묘한 느낌이 든다고 해야 하나."

"……대충 그렇다고 보면 될 거다."

"그렇군요."

일랑은 가볍게 답하곤 잠시 입을 닫고 생각에 잠겼다.

그러자 유신운이 조심스럽게 기운을 끌어 올렸다.

순식간에 퍼져 나간 조화신기가 일랑의 전신으로 스며들어갔다.

본래라면 침입자를 공격했을 순마기는 잠잠했다.

일견 당연했다.

일랑의 몸에 잠든 순마기는 본래 유신운의 것이었으니까.

일랑의 몸에 스며든 조화신기로 심기체(心氣體)를 전부 확인한 유신운은 정체를 완벽히 파악했다.

'역시 생각한 대로군. 영감님은 확실히 아니야.'

눈앞의 일랑은 무림의 유일랑이 아니었다.

육신과 기운은 같았지만, 혼(魂)이 완전히 달랐다.

그가 처음에 의심한 무림의 유일랑의 환생체가 아닌 이 세계의 유일랑이었다.

눈앞의 존재는 완전한 타인이라는 뜻이었다.

하지만.

'후, 쉽지 않군.'

유신운은 일랑을 보며 마음이 복잡했다.

분명히 다른 사람이라는 것을 알면서도 무림의 유일랑 때문에 마음이 쓰이는 것은 어쩔 수 없었던 것이다.

그때, 머릿속으로 어느 정도 정리가 끝난 듯한 일랑이 다시금 입을 열었다.

"제 친구와 선생님은 괜찮은 건가요?"

일랑의 말에 유신운이 잠시 말을 아꼈다.

갑작스러운 침묵에 일랑이 의아해하던 찰나.

유신운이 충격적인 소식을 꺼냈다.

"그들은 모두 죽었다."

"……!"

"그 공항에서 살아남은 건 너뿐이다."

유신운의 입에서 나온 충격적인 소식에 일랑의 눈이 지진이라도 난 듯이 흔들렸다.

"그게 무슨? 분명히 몬스터들을 전부 처치했을 텐데?"

"몬스터가 죽으며 공기 중으로 흩어진 잔독이 생존자들을 모두 중독시켰다. 병원으로 모두 이송됐지만 몇 시간 만에 전부 사망했지."

"그럼 저 때문에 사람들이⋯⋯."

"⋯⋯라는 것이 공식적인 정부의 입장이지만, 진실은 다르지."

유신운의 말에 죄책감이 피어오르던 일랑의 눈에 분노의 빛이 떠올랐다.

그 모습을 조용히 지켜보던 유신운이 말했다.

"듣고 나면 돌이킬 수 없다. 그래도 듣겠나?"

일랑은 조금의 망설임도 없이 고개를 끄덕였다.

그럴 줄 알았다는 듯, 유신운이 진실을 말하기 시작했다.

"억지로 게이트를 여는 건 극대량의 에너지를 필요로 한다. 공항에서 열린 이형(異形)의 게이트를 발동시킨 매개체는 그 속에 갇힌 사람들의 생명력이었다."

"⋯⋯!"

"그 공간 안에 갇혔던 이들이 모두 희생양이 된 거다. 그리고 게이트가 닫히면서 그 여파로 모두 죽음을 맞이한 거고."

"⋯⋯."

유신운의 말에 일랑이 다시금 입을 닫았다.

스아아!

좌아아!

조용히 허공을 응시하는 그의 전신에서 순마기가 끓어오

르고 있었다.

일랑이 참을 수 없는 분노를 꾹꾹 눌러 담은 목소리로 말
했다.

"억지로 열었다면?"

일랑은 이미 유신운의 말에서 진의를 파악해 놓아 있었다.

어린 나이지만 정신은 어리지 않았다.

"그래, 배후가 있다. 그리고 그들은 이런 일들을 앞으로
더 많이 벌이겠지."

"그쪽은 그 게이트를 연 놈들과 싸우는 입장이고요."

"그래."

"그리고 저를 그놈들과 싸우는 데 이용하려는 거 맞죠?"

일랑은 직설적으로 말을 꺼냈다.

유신운은 조용히 눈을 마주치다가 이내 고개를 끄덕였다.

그러자 일랑이 일어나 몸을 풀며 말했다.

"그럼 잘됐네요. 바로 가죠."

거부 같은 건 없었다.

의외의 반응에 유신운이 나직하게 말했다.

"같잖은 정의감 때문이라면 그만둬라."

"그런 거 아니에요."

일랑은 단호하게 고개를 저었다.

"다음 피해자들을 살려야 한다, 그런 생각 따위는 없어요.
그저……."

조용히 시선을 내린 일랑이 자신의 주먹을 터질 것처럼 쥐었다.

"복수 정도는 해 줘야 이 거지 같은 감정이 사라질 것 같아서요."

그리고 유신운과 다시 시선을 맞추며 말을 꺼냈다.

"마음껏 이용하세요. 저도 당신을 이용해서 놈들을 죽일 테니까."

단호하기 그지없는 그 태도에 유신운은 결국 피식 웃고 말았다.

따닥, 딱.

그리운 누군가의 뼛소리가 들리는 듯했다.

하지만 그것도 잠시, 유신운은 이내 차가운 모습으로 돌아왔다.

"그럼 이야기가 쉽겠군."

타닥!

파아앗!

유신운이 손가락을 다시 튀기자 그들의 신형이 공간에서 사라졌다.

그와 동시에 멈춰 있던 시간이 다시금 흐르기 시작했다.

벌컥.

"저녁 나왔습니다, 일랑 군. 어, 어라? 어디 갔지?"

VIP 병동에 저녁을 들고 온 간호사가 감쪽같이 사라진 일랑에 깜짝 놀라고 있었다.

갑작스러운 환한 빛에 눈을 감았던 일랑은 조심스레 눈을
떴다.

'여긴?'

본래 있던 병실은 사라지고, 어떤 것도 존재하지 않는 백
색의 공간이 펼쳐져 있었다.

일랑은 놀란 눈으로 사방을 살폈다.

'……독 헌터라고 들었는데, 아티팩트를 사용한 건가?'

이런 마법적 공간을 만드는 건 S급 헌터라도 결코 쉽지 않
다는 것을 알고 있었기 때문이었다.

스아아!

그때, 공간에 균열이 발생하며 안으로 누군가가 들어섰다.

당연하게도 유신운이었다.

일랑의 눈에 이채가 떠올랐다. 유신운의 한 손에 익숙한
물건이 들려 있었기 때문이었다.

휘익.

"받아라."

유신운은 멸천을 던졌다.

일랑은 얼떨결에 건네받았다.

우웅!

자신의 주인을 알아본 것일까. 손을 따라 기분 좋은 울림이 전해졌다.

일랑은 알지 못했지만, 검명(劍鳴)이었다.

"그때의 검이네요."

"이제 네 검이다."

"선물에 대한 감사는 적들을 해치우는 걸로 해 드리죠."

부우웅!

스아아!

일랑이 가볍게 멸천을 휘두르자 궤적을 따라 순마기가 검은 불꽃처럼 타들어 갔다.

검기, 아니 검강에 한없이 가까운 검사(劍絲)였다.

'말도 안 되는군. 조금만 가다듬으면 곧바로 검강을 사용할 수 있겠는데.'

실로 압도적인 재능이었다.

아무리 멸천을 통해 타계의 자신의 힘을 어느 정도 흡수했다고 해도…… 이 정도일 줄이야.

'쩝, 영감님이 괜히 날 답답해한 게 아니군.'

유신운은 유일랑이 무림에서 자신을 수련시켜 줄 때, 항상 갑갑해했던 것이 떠올랐다.

너무 기대치가 높다고 생각했는데, 그게 아니었다.

본인은 당시의 같은 나이에 가능했는데, 왜 유신운은 하지 못하는지 이해할 수 없었던 것이리라.

'그럴 타이밍은 아니지만…….'

일랑을 바라보는 유신운의 눈빛이 점점 사나워지기 시작했다.

무림에서 유일랑에게 삭신이 으스러지도록 두들겨 맞으며 배웠던 고된 나날들이 하나둘씩 떠올랐다.

'개같이 굴릴……이 아니고 충실히 훈련시킬 마음이 충만해지는구만.'

유신운이 먹잇감을 찾아낸 맹수의 눈빛이 되자.

오싹.

일랑은 왠지 모르게 온몸에 소름이 돋는 것을 느꼈다.

천천히 다가온 유신운은 나직하게 말을 꺼냈다.

"통성명은 따로 필요 없겠지."

"예."

"그럼 일단 너와 나의 적부터 알려 주마."

일랑이 진지하기 그지없는 표정으로 바뀌었다.

"우리의 적은 그리핀이다."

"……!"

일랑의 눈이 터질 듯 커졌다.

그럴 만도 하리라.

평생을 이 세계에서 살아온 이들에게 그리핀은 명실상부한 세계 최고의 길드였으니까.

"두렵나?"

"약간은요."

"그따위 하찮은 녀석들에게 겁먹을 필요 없다."

"……!"

그리핀을 벌레 취급하는 유신운의 말에 일랑은 놀랄 수밖에 없었다.

스아아!

유신운이 허공에 손을 뻗자 한 자루의 검이 어느새 들려 있었다.

"네가 배울 검이다."

유신운은 그 한마디를 마친 뒤, 몸을 돌려 가볍게 검을 내리그었다.

그리고.

콰가가가!

콰드드드!

거대한 굉음과 함께 공간 자체가 짓이겨지는 거대한 검격이 쏟아져 내렸다.

'이게 무슨……!'

자신이 갖고 있는 상식을 초월한 일검에 일랑이 놀란 표정을 숨기지 못했다.

깨달음의 끝에 다다른 뇌운십이검은 어느새 기초 초식만으로 절대적인 위력으로 탈바꿈되어 있었다.

"너의 육신은 안전한 곳에서 보호되고 있다. 하지만 이 꿈 속에서 나의 목표만큼 강해지지 않는 한 빠져나갈 수 없을 거다."

유신운은 어느새 꿈의 권능을 더욱 강화시켜 펼쳐 놓았다.

어느 한계 이상 강해지지 못하면 영원히 꿈속에서 빠져나가지 못한다는 끔찍한 제약을 걸어 능력을 더 증폭시킨 것이다.

"걱정 마세요, 그럼 바로 가르쳐 주시……."

"일단 본신의 전투 능력부터 체크해 보도록 하지."

일랑의 말을 칼같이 잘라 내며 유신운이 한마디를 내뱉었다.

슈우웅!

우우웅!

그와 동시에 공간에 수십 개의 소환진이 펼쳐지기 시작했다.

그어어!

따닥! 딱!

수많은 스켈레톤들과 소환수들이 살기 그득한 모습으로 공간에 나타났다.

'이거 설마…….'

자신을 보며 당장이라도 달려들 기세인 소환수들을 보며 일랑은 끔찍한 예감이 들었다.

살짝 고개를 돌려 유신운을 바라보자.

그는 환하게 미소 짓고 있었다.

"죽여라."

그 한마디와 함께.

타다닷!

파바밧!

수많은 소환수들이 일랑에게 동시에 달려들고 있었다.

<br>

부산.

경상도의 최대 길드, 댄디라이온의 본사.

건물의 외견은 그리핀의 본사와 다르지 않을 정도로 화려하게 꾸며져 있었다.

워낙 과시욕이 강한 길드장 탓에 부산의 새로운 랜드마크가 될 정도로 화려하게 꾸며졌던 것이다.

수많은 관광객들이 건물을 올려다보며 댄디라이온의 위상에 감탄을 마지않았다.

하지만.

오늘 본사의 내부에서는 절대 일어나지 않을 것 같던 일이 벌어지고 있었다.

"쿨럭! 끄극!"

"끄으! 사, 살려 줘."

조각난 시체들로 곳곳이 피범벅이 되어 있었다.

길드원들은 본사를 빠져나가려 비명을 지르고 있었지만, 본사를 감싸고 있는 반원의 결계가 어떤 도주자도 허용치 않고 있었다.

"다, 당신이 왜……. 끄극!"

부길드장이 한 남자를 보며 공포에 질려 있었다.

그림자에 몸을 숨긴 칠흑의 로브를 두른 사내는 대답 없이 보랏빛 보석이 박힌 스태프를 가볍게 휘둘렀다.

파아아!

콰아앙!

그와 동시에 부길드장의 몸이 허공에서 산산이 부서지며 폭발했다.

"언제쯤 오시려나, 독왕."

칠성좌 중 두 번째 서열.

법성(法星)이 살육극을 벌이고 있었다.

실시간으로 던전화가 진행 중인 댄디라이온 길드 건물 앞은 아비규환이었다.

"끄아악!"

"살려 줘!"

몬스터들이 인간을 찢는 파육음과 피해자들의 끔찍한 비명이 곳곳에서 터져 나오고 있었다.

"건물 내 생체 반응이 점점 더 빠른 속도로 사라지고 있습니다!"

"젠장! 누가 빨리 결계 제거사 좀 데려와 봐!"

부산의 모든 길드가 총집합을 하며 구성된 구출대였으나 그들 중 어느 누구 하나 안쪽으로 투입되지 못했다.

콰가가가!

까강!

순간, 거대한 폭열 마법과 에테르 소드가 보호막을 강타했다.

"젠장! 흠집 하나 안 나다니 이게 말이 돼?"

"S급 게이트에도 이런 배리어는 없었어. 서울 쪽 공항에서 발생했다는 변이 게이트인 게 틀림없어."

타인의 출입을 막는 게이트 배리어가 너무나 견고했기 때문이었다.

A+급 헌터들이 결계를 뚫기 위해 모든 힘을 쏟고 있었음에도, 어떤 것 하나 효과를 보이지 못하고 있었다.

"그리핀은 아직도 묵묵부답이야?"

"지금 길드 내 제거사들이 모두 임무 중이라고 파견이 안 된답니다."

"아니, 국내 인원을 죄다 쓸어가 놓고 한 명도 못 준다는 게 말이 돼?"

태스크포스의 인원들은 모두 분통을 터뜨리고 있었다.

배리어를 해체하는 것은 전문 결계 제거사가 필요했다.

그런데 몇 년 전부터 결계 제거사를 쓸어가다시피 한 그리핀에서 무슨 이유에선가 이 사태에 대해 지원을 피하고 있었던 것이다.

쿠구구구!

그그그!

그때, 게이트 배리어가 굉음과 함께 다시금 확장했다.

던전화가 더욱 빨리 진행되고 있었다.

살아 있는 악마가 꿈틀거리는 것 같은 그 끔찍한 광경을 본 태스크포스의 헌터가 조심스레 말을 꺼냈다.

"……던전화가 더 빨리 진행되고 있습니다. 이거 빨리 결정해야 합니다! 이러다가 부산 전체가 궤멸할 수 있어요!"

80% 정도 진행된 것 같은 댄디라이온 본사의 던전화.

만일 100% 완성되면 부산 전체에 S급 몬스터들이 쏟아지는 대재해가 실현될 수 있었다.

"정부에 요청해서 국가 소속 S급 헌터들에게 공중 포격을 요청합시다. 아예 통째로 날려 버리는 것 말고는 답이 없어요!"

"무슨 소립니까! 지금 댄디라이온의 헌터들을 버리자는 거예요? 저 안에는 무고한 일반 시민들도 있다고!"

"젠장! 몇백 명 구하자고 부산 인구 전체를 위험에 빠뜨리자는 거야, 그럼?"

"이 미친 새끼가!"

두 편으로 나뉘어 태스크포스의 헌터들이 고성이 오갔다.

한데 그때였다.

쐐애애액!

쿠우웅!

마치 유성이 떨어진 것 같은 거대한 폭음이 귓전에 울려 퍼졌다.

"뭐, 뭐야?"

"무슨?"

하지만 헌터들이 놀란 것은 충격의 여파 때문이 아니었다.

'무슨 기운이?'

'재앙급 몬스터가 나타난 건가?'

우우웅!

그르르르!

폭음과 함께 절대 사람의 것이라고는 생각되지 않는 가공할 기운이 느껴졌기 때문이었다.

헌터들이 회의실을 빠져 나와 밖으로 향했다.

"……!"

"저자는!"

그리고 그들은.

"하, 아주 또 지랄을 해 놨네."

게이트 배리어를 보며 거친 욕지거리를 내뱉는 한 남자를 확인할 수 있었다.

그의 등 뒤로 사람의 크기만 한 거대한 낫이 달려 있었다.

'독왕은 서울 권역에서만 활동하는 줄 알았는데?'

'……독왕(毒王)의 힘이 그리핀의 칠성좌와 비견될 정도라더니, 전혀 과장이 아니었군.'

주변의 헌터들 또한 모두 신운을 바라보고 있었다.

의심과 기대가 뒤섞인 미묘한 눈빛들이었다.

"비켜."

그러나 신운은 그런 시선들 따위는 전혀 신경 쓰지 않았다.

우우웅!

콰가가가!

그저 융독겸에 기운을 불어넣을 뿐이었다.

진동음과 함께 기운이 폭풍처럼 미쳐 날뛰기 시작했다.

배리어를 파괴하려는 신운의 의도를 파악한 헌터들이 한마디씩 참견했다.

"혼자 힘으로는 힘들 겁니다."

"방금 막 A급 헌터들이 스킬을 사용했으니, 마나가 재준비될 때까지 조금만 기다리면……."

"난 분명히 경고했다, 비키라고."

쐐애액!

콰가가가!

당연히 그 또한 개무시를 하며 신운이 융독겸을 내리꽂히는 번개처럼 내리그었다.

공기가 무참히 찢어지며 귀가 터질 것 같은 극심한 파공성이 주변을 휩쓸었다.

"히, 히익!"

"으아아아!"

괜히 깐죽거리며 참견하던 헌터들이 기운의 파장에 휩쓸려 땅바닥을 우스꽝스럽게 뒹굴었다.

"이게 대체 무슨……!"

"……!"

힘겹게 몸을 일으킨 그들은 신운에게 한마디를 하려 했지만.

신운이 내리그은 궤도를 따라 정확히 찢겨 있는 배리어의 틈을 보고는 누구 하나 말을 꺼내지 못했다.

터벅터벅.

주위에 정적이 깔린 가운데, 신운이 찢긴 틈으로 움직였고.

쿠르르르!

"아, 아아!"

"이런!"

먹잇감을 삼킨 배리어가 다시금 본래의 상태처럼 입을 닫았다.

'왔군.'

게이트 내부에 느껴지는 사냥감의 기운에 술법성(術法星), 호죠 세이메이가 즐겁다는 듯 입꼬리를 말아 올렸다.

그르!

크르르!

"후후, 너희도 기쁘더냐."

주인의 기분을 알아차렸는지 그의 충직한 수하인 무장식신(武將式神), 충귀장(蟲鬼將)과 어귀장(魚鬼將)이 울음을 토해 냈다.

충귀장은 거대한 바퀴벌레의 머리에 고대 갑옷을 입고 있는 인간의 몸을 하고 있었고, 어귀장은 상어의 머리에 똑같은 고대 갑옷을 입고 있었다.

"으, 으으."

"제, 제발 죽여 줘."

콰드득.

우걱우걱.

그리고 두 괴물은 피투성이가 된 빌딩의 바닥에서 아직 숨이 붙어 있는 인간들을 식량처럼 찢어 먹고 있었다.

그 모습을 흐뭇하게 지켜보던 호죠는 점차 가까워 오는 신운을 느끼고 있었다.

'새 주인에게 얻은 이 힘만 있다면, 저따위 녀석은 내 상대가 되지 못하지.'

두 식신에게서 파괴적인 기운이 흘러넘치고 있었다.

과거, 세상을 혼돈에 빠뜨렸던 대재앙 '발록'의 힘과 비견될 정도였다.

오랜 시간 따랐던 주인을 버리는 건 심적으로 힘든 일이었지만, 배신을 통해 얻은 강대한 힘을 느껴 보니 그런 사소한 마음은 금세 사라졌다.

'새 주인은 이 녀석을 해치우면 더욱 큰 힘을 주겠다고 약속했다.'

호죠의 눈이 광기로 물들던 그때.

쿠우웅!

콰르르!

거대한 폭음과 함께 그가 위치한 곳의 벽면이 와르르 무너져 내렸다.

"식신? 이번에는 왜놈인가."

신운이 호죠를 보고는 이죽거렸다.

하지만 그는 오히려 사람 좋아 보이는 미소를 지어 보이며 작게 예를 갖추며 인사했다.

"오셨소이까, 독왕. 목이 빠지게 기다리고 있었소이다."

'그리고 놈은 이미 나의 덫에 잡혔고 말이야.'

신운의 등장을 확인한 수백 명의 인질들이 식식에 대한 두려움도 잊고 커다랗게 소리쳤다.

"도, 독왕이다!"

"우리를 구하러 왔어!"

"사, 살려 주세요!"

"으아아! 제발 살려 줘!"

그들의 끔찍한 모습을 본 신운이 미간을 찌푸렸다.

호죠가 즐겁다는 듯 낄낄거리며 말을 이어 나갔다.

"아, 그대가 귀찮을까 싶어, 갇힌 사람들은 모두 이곳으로 이동시켜 놓았소이다."

스아아!

우우웅!

융독겸의 날이 암녹색으로 물들며 흉험한 독기가 일렁이고 있었다.

호죠의 눈에 이채가 떠올랐다.

강대한 힘을 지니고 있다고 하더니. 그럴 만한 독기였다.

저 독기의 날에 베인다면 웬만한 몬스터는 죄다 한 줌의 핏물로 바뀌어 버리리라.

"흠, 이들을 그냥 보내 줄 수는 없다는 건 이미 예상하고 있으실 터이고. 길게 말하지 않고 곧장 저의 조건을 제시하겠소이다.”

딱!

말을 끝마친 호죠가 자신의 손가락을 튀겼다.

촤아아!

그가가가!

그러자 신운이 선 곳, 바로 앞의 지면에 육망성의 술법진이 새겨졌다.

음험한 기운이 흘러넘치고 있는 것이, 한눈에 보아도 위험한 술법진인 것을 알 수 있었다.

그때, 호죠가 끝말을 마저 내뱉었다.

“헌터가 사용할 수 있는 모든 종류의 기운을 구속하는 술법진이외다. 그리고.”

촤아아아!

콰르르르!

“으아아!”

“사, 살려 줘!”

“이제는 싫어!”

수백 명의 인질들이 서 있는 지면에도 다른 형상의 술법진이 펼쳐졌다.

“이것은 그대가 그곳에 스스로 뛰어들면 이들을 게이트 밖으로 이동시켜 줄 술법진이오.”

스릉!

신운이 더 들을 것도 없다는 듯, 융독겸을 곧추세웠다.

"웃기는 소리군. 이따위 것에 안 들어가고 널 베어 버리면 그만이지."

"한 발이라도 움직일 시, 곧바로 인질들이 선 술법진이 폭열 마법으로 바뀔 것이오. 인질들 모두 한줌의 재가 되겠지."

"······!"

협박에 놀란 것인지, 신운은 아무런 말도 하지 못하고 제자리에 우뚝 섰다.

그 모습을 확인한 호죠가 회심의 미소를 지어 보였다.

자신의 심계가 제대로 들어맞았다.

'후후, 화이트 웨일부터 공항 사건까지. 자신만 알던 예전과 달리, 약자들을 구하는 데 무던히도 힘쓰더군.'

그 때문에 먼 부산까지도 이리 한달음에 날아오지 않았던가.

무슨 조잡한 사연 덕에 동정심이 차올랐는지는 모르나 그 연약한 마음이 자신의 목을 찌를 칼날이 될 것이었다.

"자, 택하시오. 이들을 희생하고 나의 목을 취할 것이오, 아니면 자신에게 족쇄를 채우고 이들을 살릴 것이오?"

호죠의 말이 끝나자 신운이 생각에 잠겼다.

터벅.

그러다가 이내 그가 펼쳐놓은 구속 술법진 안으로 순순히 걸어 들어갔다.

'클클, 바카야로.'

자신의 계획대로 척척 진행되자 호죠가 속으로 신운을 비웃었다.

촤아아!

스아아아!

신운의 발밑에 깔린 술법진이 요동치고 있었다.

술법진에서 수많은 사슬이 꿈틀거리며 튀어 오르며 신운의 온몸을 휘감았다.

공간 전체에 깔려 있던 신운의 힘이 사슬에 모조리 빨려들어가고 있었다.

짝짝!

신운을 향해 호죠가 손뼉을 쳤다.

"아름답소이다. 약속은 지키겠소."

촤아아!

슈우웅!

인질들이 빛줄기에 휩싸이며 이내 모습이 모두 사라졌다.

'모두 게이트 배리어 바깥으로 이동됐군.'

신운은 순식간에 그들이 바깥으로 텔레포트 됐음을 알아차렸다.

그런데 그때였다.

우우웅!

콰가가가!

신운의 술법진이 갑자기 폭주하기 시작했다.

그에게 뺏은 기운을 게이트에 퍼뜨리고 있었다.

이럴 경우 게이트 자체가 폭주하며 대폭발이 일어나게 된다.

"무슨 짓이지?"

"하하하하!"

신운의 물음에 호죠가 학사와 같은 모습을 버리고, 본래의 모습으로 돌아갔다.

광인(狂人)처럼 웃음을 터뜨렸던 호죠가 잔뜩 흥분하여 말했다.

"삼십분 뒤면 게이트가 대폭발할 거외다. 이면 세계와 맞닿은 게이트가 폭발하는 파괴력은 전술핵과 동급! 한심하도다, 벌레만도 못한 놈들을 살리느라 목숨을 바치는 꼴이라니. 그대와 함께 모든 것이 먼지가 되어 사라질 것이오! 하하하하!"

한데 그때였다.

파밧.

갑자기 콘센트를 뽑힐 때와 같은 소리가 터져 나왔다.

'……?'

호죠가 당황한 표정을 숨기지 못했다.

공간을 떨어 울리던 기운이 폭주가 완전히 멈춰 있었다

"좋아."

콰아앙!

"……!"

신운이 한마디를 내뱉자, 그를 휘감고 있던 모든 사슬들이 먼지가 되어 사라졌다.

놀란 호죠가 아무런 말도 못하던 그때.

"역시 엑스트라가 떠드는 대로 들어 주는 게 시간 끌기에는 최고군."

콰아아아!

콰가가가!

봉인된 줄 알았던 신운의 힘이 미친 듯이 휘몰아치고 있었다.

신운이 가볍게 손을 뻗자.

촤아아아!

파아앗!

지면에 깔려 있던 술법진이 무림의 진법과 결합되며 전혀 새로운 형태로 변형되기 시작했다.

"변이 게이트의 구조를 보니 엘더 드래곤을 이용해서 게이트 내부의 숨겨진 이면세계로 가는 법을 알아챈 것 같더군."

"무, 무슨?"

"하지만 말이야. 놈이 거기서 힘을 얻을 수 있다면, 나도 얻을 수 있다는 것."

호죠가 떨리는 목소리를 숨기지 못했다.

변이된 게이트로 향할 수 있는 이면세계에 대한 정보는 그곳으로 먼저 떠난 친위대를 제외하면 누구도 알지 못하기 때문이었다.

한데 저놈은 그 비밀을 게이트의 구조를 해석하는 것만으로 알아낸 것이다.

"죽여라!"

파바밧!

콰가가!

호죠의 명령에 무장식신들이 신운에게 달려들었다.

그 모습을 보며.

"이면세계에 있을 네 동료들에게 네놈의 목을 선물로 주면 되겠군."

신운이 잔혹하게 미소 짓고 있었다.

          ❧

─그아아아!

쐐액!

어귀장이 이 세상의 것이 아닌 것이 분명한 기괴한 울음을 토해 내며 유신운에게 팔을 휘둘렀다.

칼처럼 날카롭게 벼려진 손톱은 모든 것을 베어 낼 기세였다.

채챙!

채챙!

신운이 융독겸을 들어 올려 연이어 쏟아지는 손톱을 막아
냈다.

그때마다 주황빛 불꽃이 피어올랐다.

'좋다, 놈도 쉽지 않은 게 분명해!'

공격을 막아낼 때마다 신운의 얼굴이 와락 찌푸려지는 것
을 본 호죠는 그제야 표정이 밝아지고 있었지만.

"거참, 더럽게도 징그럽게 생겼군."

"……!"

신운은 전투의 힘겨움 때문이 아닌, 그저 역겹게 생긴 외
관 때문에 불쾌함을 드러낸 것뿐이었다.

파즈즈!

유신운의 한 마디와 함께 융독겸에서 뇌전이 피어올랐다.

쐐애액!

신운은 왼발을 축으로 몸을 회전하며 융독겸을 거칠게 휘
둘렀다.

콰가가가!

-그에에에!

조화신기를 머금은 융독겸이 뇌전의 겸풍을 일으키며 어
귀장의 전신을 난자했다.

융독겸이 스쳐 지나갈 때마다 식신의 푸른 피가 사방으로

튀었다.

'무슨? 어귀장의 외피의 항마력과 방어력은 재앙급 몬스터와 비교해도 부족하지 않거늘!'

─키에에!

고통에 찬 신음이 터져 나왔다.

쿠웅!

어귀장이 제대로 된 공격도 못해 보고 한쪽 무릎을 지면에 꿇었다.

함께 달려들었던 충귀장은 뇌전 폭풍에 가로막혀 쉽사리 접근하지 못하고 있었다.

스아아!

'이대로는!'

그때 호죠가 나섰다.

"만신의 집행자로서 명하노니, 속박하라!"

그아아!

파아앗!

요사하기 짝이 없는 불길한 기운이 호죠의 온몸에서 풍겨났다.

순식간에 공간 전체를 장악한 호죠의 힘은 어느새 맹렬히 융독겸을 휘두르던 신운에게까지 닿았다.

파악!

"……?"

갑자기 맹공을 퍼붓던 신운의 움직임이 멈췄다.

마치 수많은 실이 그를 붙잡은 느낌이었다.

–그, 그에?

어귀장이 상황을 파악하고는 두 눈을 끔뻑이다가 재빨리 충귀장이 있는 곳까지 물러났다.

신운이 멈춘 자신의 몸을 보며 흥미롭다는 표정을 짓더니, 이내 시선을 호죠에게 돌렸다.

"뭐지 이건?"

호죠는 득의양양한 표정을 짓고 있었다.

이마에서 흐르던 식은땀을 슬쩍 닦아 낸 호죠가 콧대를 턱을 쳐들고 말했다.

"후후, 미쳐 날뛰던 네놈도 신의 힘에는 어쩔 수 없구나!"

"신의 힘?"

"그래! 신께서 내려 주신 나의 능력은 언령(言靈). 이세계의 어떤 헌터도 감히 얻을 수 없는 강대한 힘이지."

신운은 '언령'이란 단어에 눈에 이채가 떠올랐다.

하지만 상대는 그런 사실도 눈치채지 못하고 승리감에 빠져 혼자서 말을 이어 나갔다.

"자, 그렇게 보이지 않는 사슬에 붙잡힌 채 최후를 맞이하거…… 컥!"

콰득!

말을 마치지 못하고 호죠가 신음을 토해 냈다.

그의 손가락 하나가 접혀선 안 되는 방향으로 접혀 있었다.

다름 아닌 언령이 파괴되었을 때의 반동이었다.

"끄윽!"

"재밌군."

고통에 찬 신음을 흘리는 호죠를 보던 신운이 속박의 지배에서 벗어나 자유로이 움직이고 있었다.

"……소, 속박당한 것이 아니었나?"

"당해 줘 봤지. 구조를 좀 알아내야 했거든."

"구조?"

"그래, 많이도 급했는지 혈교주가 자신의 핵심 권능 중 하나를 이식했을 줄은 몰랐어."

"혈……교주? 그게 무……!"

"곧 죽을 놈은 몰라도 돼."

스아아아!

촤아아!

효죠는 더 이상 말을 이어 나가지 못했다.

'어, 어떻게?'

상대가 그가 공간에 흩뿌려 놓은 음양기(陰陽氣)를 흡수하고 있었기 때문이었다.

마치 지옥의 아귀가 게걸스럽게 죄인을 씹어 삼키듯, 신운은 조금의 망설임도 없이 모든 기운을 흡수하고 있었다.

'멍청한 놈! 기운을 흡수한다고 신의 힘을 사용할 수 있을

것 같더냐!'

호죠는 떨리는 눈을 겨우 진정시키며 누구에게 말하는지 모르겠는 혼잣말을 속으로 자꾸만 반복했다.

"뭐 하고 있어! 죽엿!"

–그어어!

–쉬시시!

호죠의 명령에 본능적인 공포에 어물쩍거리고 있던 어귀장과 충귀장이 신운에게 달려들었다.

치이이익!

먼저 온갖 벌레들의 집합체인 충귀장이 닿는 모든 것을 녹여 버리는 독기를 뿜어내며 달려들었다.

하지만 신운은 반격하려는 자세를 취하는 것이 아니었다.

스아아!

갑자기 꺼내 들었던 대낫을 인벤토리로 회수했다.

'무슨?'

자살행위에 호죠가 당혹스러워 하던 그때.

신운이 자신의 두 손을 달려드는 충귀장에게 뻗었다.

그리고 나직이 말했다.

"내가 명하노니, 폭발하라."

호죠는 자신도 모르게 헛웃음이 흘러나왔다.

"그게 될 리……!"

하지만.

다음 순간, 충귀장의 온몸이 거대하게 부풀어 올랐다.

-쉬시시시시!

자신의 최후를 직감한 충귀장이 자신의 주인을 뒤돌아보았다.

콰아아아앙-!

그 순간, 흔적도 남기지 않고 재가 되어 버렸다.

두려움을 느낄 리 없었음에도 어귀장은 그 광경을 보며 덜덜 몸을 떨었다.

"흠, 완벽하진 않지만 쓸 만하군."

정작 신운은 별일 아니었다는 듯한 반응이었다.

콰득!

충귀장의 잔해를 발로 짓이긴 신운이 얼음장처럼 차가운 시선을 호죠에게로 향했다.

"머리를 좀 열어 보면 확실히 다룰 수 있겠어."

싸아.

온몸이 얼어붙는 듯한 기분을 느꼈다.

피식자가 천적을 만난 느낌이 이러할까.

그는 처음으로 죽음에 대한 원초적인 공포를 느끼고 있었다.

촤아아!

-그, 그아아아!

그 끔찍한 감정을 억지로 지워 버리려는 듯, 호죠가 어귀장을 부려 강제로 신운을 공격하게 했다.

촤아아!

갑자기 공간 전체에 바닷물로 가득 차기 시작했다.


백귀주술(百鬼呪術).

수귀어함(水鬼魚函).


어귀장이 사용했다간 그 대가로 자신의 존재가 사라질 주술을 사용했다.

순식간에 해류의 감옥에 붙잡힌 신운이지만, 물속에서도 조금의 불편함도 없어 보였다.

호죠가 자신의 양손을 하늘 높이 들어 올렸다.

파즈즈!

파지직!

어느새 그의 손끝에 붉은 뇌전이 맺혀 미친 듯이 폭주하고 있었다.

'큭!'

"쿨럭!"

뇌전을 유지하며 호죠가 검은 핏물을 토해 냈다.

자신의 능력보다 더 강력한 주술의 힘을 사용한 까닭이었다.

하지만 멈출 수 없었다.

저 괴물을 죽여야만 자신이 살았기 때문이었다.

촤아아아!

그의 소매 속에서 수백 개의 부적들이 허공으로 날아가 멈춰 섰다.

파즈즈!

붉은 번개가 부적들과 연결되며 더욱 강대한 파괴력을 엿보이고 있었다.

"뇌정초래(雷情招來)!"

파즈즈!

파즈즈즈!

호죠의 시동어와 동시에 수백 개의 부적들이 붉은 뇌기를 서로 튕겨 내기 시작했다.

그 뇌기를 튕기면 튕길수록 더욱 거세어져 갔다.

콰가가가가!

콰아앙!

뇌기를 버티지 못한 건물이 통째로 무너져 내리고 있었다.

"죽어랏!"

파편들이 난무하는 가운데, 호죠가 물에 갇힌 신운을 향해 붉은 뇌기를 토해 냈다.

콰가가가!

콰르르르!

수귀어함에 뇌기가 침투하며 지금까지와는 비교가 되지

않는 열기가 뿜어졌다.

화르르르!

순식간에 물이 모두 사라지며 수증기가 터져 나왔다.

콰르르!

콰가가!

수십 층의 건물이 무너져 내리는 가운데, 호죠가 가볍게 텔레포트를 사용해 바깥으로 빠져 나갔다.

허공에 높이 올라 무너져 내린 건물을 내려다보는 호죠의 눈에 희망의 빛이 감돌았다.

'돼, 됐다! 생체 신호가 사라졌어!'

왜 그의 주인이 저자를 괴물이라 칭했는지 알 수 있었다.

소름이 끼칠 정도의 강함이었다.

기운을 흡수하는 것만으로 자신이 받은 권능을 잠시나마 훔치다니.

말도 안 되는 능력이지 않은가.

긴장이 풀린 그가 자신도 모르게 혼잣말했다.

"이제 폭발까지 단 3분. 이대로 두면 모두 끝⋯⋯."

"⋯⋯이라고 생각하고 있나?"

그리고 말을 끝마치기도 전에 그의 등 뒤에서 조금의 타격도 입지 않은 신운이 미소를 지으며 나타났다.

당황한 호죠가 바로 공격을 쏟아 내려 했지만.

콰득!

콰앙-!

신운이 휘두른 일 권에 얻어맞고 건물의 파편 속으로 파묻히는 것이 훨씬 빨랐다.

어찌나 강력한 힘이 담겨 있었는지 미사일이 폭발한 것 같은 모래 먼지가 피어올랐다.

온몸이 갈기갈기 찢겨 터져 나간 것이 아닌가 싶었지만.

"컥! 쿨럭!"

맞는 순간, 자신이 알고 있는 모든 방어 주술을 사용한 호죠는 거칠게 피를 토해 내고 있었다.

"엄살이 심하네."

파밧!

그 모습을 확인한 신운이 빛살과 같은 속도로 호죠에게 달려들었다.

"……마, 만신의 집행자로서 명한다. 기어 다니는 나비!"

생명을 깎이는 것을 대가로 없는 힘까지 끌어낸 호죠가 그런 신운에게 언령의 힘을 다시금 사용했다.

파르르!

파아아!

그러자 그의 손끝에서 거대한 마술진이 펼쳐지더니, 이내 검은 날개를 지닌 수천, 수만의 나비들이 나타났다.

치이이!

나비의 날갯짓에 닿는 모든 것이 무(無)로 되돌아가고 있었다.

어귀장, 충귀장과는 비교도 되지 않는 허무의 힘을 지닌 괴이들이었다.

"내가 명한다. 사라져라."

촤아아!

하지만 그 모든 힘은 신운의 몸에 닿기도 전에 모두 사라져 버렸다.

호죠가 파악한 것과 달리 신운은 그의 힘을 일시적으로 강탈한 것이 아니었다.

기운을 모두 흡수한 뒤, 자신의 것으로 만들고.

모든 구조를 해체하여 언령이란 권능을 자신의 것으로 재탄생 시킨 것이었다.

처척!

마침내, 신운이 호죠의 눈앞에 도착했다.

"으아아! 만신의 집행자로서 명한……! 크, 커걱!"

호죠가 곧바로 새로운 언령을 사용하려 했지만, 신법을 사용한 신운이 목을 낚아채는 것이 더 빨랐다.

"이제 발버둥은 다 쳤지?"

"커, 커걱!"

목줄을 움켜쥔 신운 때문에 호죠의 얼굴이 하얗게 질리고 있었다.

"자, 그럼 이제 머릿속을……."

우우웅!

콰가가가!

신운이 스킬을 사용하려던 그때, 갑자기 배리어에 갇힌 세계 전체가 짓이겨지며 붕괴하기 시작했다.

'멍청한 조센…….'

호죠가 회심의 미소를 지어 보였다.

그새 벌써 3분이 지난 것이다.

자신의 죽음은 피할 수 없는 것은 안타깝지만, 신운을 끌고 갈 수 있다면 아쉽지 않을 것 같았다.

모든 것이 소멸하고 있는 가운데.

"너, 뭘 기대하고 있는 거냐?"

신운이 어이가 없다는 표정으로 호죠를 바라보고 있었다.

처척.

신운이 허공을 향해 가볍게 손을 뻗었다.

그와 동시에 전신 세맥에 잠들어 있는 자신의 기운을 끌어올렸다.

스아아!

콰가가가!

그 순간, 공간을 파괴하던 모든 기운이 거세게 소용돌이치며 신운의 손으로 모이기 시작했다.

폭주한 이상 회장조차 감당할 수 없는 가공할 파괴력을 지닌 기운을 신운은 너무나 간단하게 다루고 있었다.

'폭발이 취소……? 왜?'

콰르르르!

공간 전체를 소멸시킬 파괴의 힘이, 구슬처럼 작게 압축되어 유신운의 손안에서 이글거리고 있었다.

신운은 그 구슬을 장난스럽게 빙글빙글 돌리며 허망한 표정을 짓고 있는 호죠에게 말했다.

"이까짓 폭발에 내가 당할 거라고 생각한 거야?"

쯧쯧, 하며 혀를 차던 신운이 목을 잡고 있던 손을 천천히 얼굴로 올렸다.

"무, 무슨 짓……!"

"자, 받아. 내 마지막 선물이야."

"끄, 끄……억."

강제로 입을 벌린 신운이 기운의 구슬을 억지로 놈의 목구멍으로 넘겼다.

휘익!

쾅!

그러곤 이제 질렸다는 듯, 저편으로 날려 버렸다.

"끄, 끄아아! 크아아아!"

고통에 발버둥 치던 호죠의 몸이 풍선처럼 빠르게 부풀어 오르기 시작했다.

"마, 만신의 집행……! 그어어!"

언령의 힘으로 통제해 보려 시도했지만 불가능했다.

콰르르!

콰아아아앙!

거대한 폭발과 함께 호죠가 흔적도 없이 사라졌다.

촤아아!

호죠의 처참한 최후와 함께 배리어가 점차 걷히고 있었다.

주변을 둘러보았다.

아무런 흔적도 남지 않았으니, 적은 자신도 소멸되었으리라 생각하리라.

'자, 그럼.'

신운이 가볍게 손을 칼처럼 만들어 허공을 갈랐다.

쐐액!

파즈즈!

파공성과 함께 이면 세계로 가는 틈새가 발생했다.

"가 볼까."

신운이 조금의 망설임도 없이 그곳으로 발을 디뎠다.

# 6장

'여기인가.'

법성을 죽이고 게이트 내부의 세계로 넘어간 신운의 눈앞에 생전처음 보는 광경이 펼쳐져 있었다.

콰드드!

그르르!

그가 헌터 시절 수없이 들어왔던 게이트 내부의 세계와는 완전히 다른 세상이었다.

무엇 하나 제대로 된 것이 없었다.

잿빛으로 물든 하늘.

발에 닿을 때마다 가루가 되어 흩날리는 땅.

그리고 두 세계 간에 충돌이라도 일어난 듯이 온갖 피조물들…….

그 모든 게 어지럽게 뒤섞여 있었다.

'순간 이동 스킬을 잘못 사용하면 이렇게 끔찍하게 믹스된다고 하던데.'

스아아!

촤아아!

'이건?'

한데 그때였다.

갑자기 주변의 수많은 기운이 그의 전신으로 빨려 들어오기 시작했다.

철컥! 콰득!

쇠사슬이 부서지는 듯한 소리가 머릿속에서 울려 퍼졌다.

 

[플레이어가 〈멸망한 세계〉에 진입하였습니다.]

[봉인된 능력치가 점차적으로 해제됩니다.]

[현실계로 이동 시 다시 봉인될 수 있습니다.]

 

의아해하던 신운의 눈앞에 새로운 시스템 메시지가 떠올랐다.

차원 이동을 하며 자신의 온몸을 옥죄던 제약이 이곳으로 오며 다시금 해제되고 있었던 것이다.

신운이 입꼬리를 말아 올렸다.

'이러면 일이 쉬워지지.'

이곳을 빠져나가면 다시 봉인된다는 조건이 마음에 들지 않았지만, 상관없었다.

'어차피 혈교주가 이곳에 보낸 탐사대가 찾고 있는 균열석을 먼저 얻으면, 시스템의 봉인 따위는 신경 쓰지 않아도 될 테니까.'

어차피 이곳에 온 것 자체가 균열석으로 다시금 초월체가 되기 위함이었다.

스아아!

이윽고 스며들던 기운의 폭주가 멈췄다.

'자, 그럼.'

가볍게 주먹을 쥐었다 펴 보이던 신운은.

콰가가가!

현재 사용 가능한 최대치의 기운을 출력해 보았다.

그의 전신에서 압도적인 기운이 미쳐 날뛰기 시작했다.

파스스!

콰드득!

그의 기운과 맞닿은 주변의 지형이 블랙홀에 빨려 들어가는 것처럼 뭉개지고 있었다.

신운의 힘이 세계의 법칙과 균형을 어그러뜨릴 정도로 강대했기 때문이었다.

하지만 그것도 잠시.

스아아.

언제 그랬냐는 듯 그의 기운이 순식간에 가라앉았다.

"흠, 이 정도면 50% 정도는 돌아왔군. 속도를 보니 금방 90% 이상을 회복할 수 있겠어."

실시간으로 힘이 빠르게 돌아오고 있었다.

봉인되었던 수많은 능력과 권능, 스킬 들이 다시 사용 가능해진 것이 느껴졌다.

"가야 하는 곳은 저곳인가."

힘이 돌아오자 보는 시야가 달라져 있었다.

잿빛으로 물든 세계가 반으로 갈라지며 그 속에 숨겨져 있었던 끝없이 하늘을 향해 솟구쳐 있는 거대한 탑 하나가 드러났다.

'저 탑의 끝에 균열석이 있다.'

수많은 먹구름이 탑의 정상을 가리고 있었지만, 신운은 쉬이 알 수 있었다.

이미 저 탑을 혈교주의 탐사대가 오르고 있음을.

그리고 균열석이 저곳에 있음을.

그어어어!

그아아아!

탑으로 곧장 이동하려는 찰나, 결코 인간의 것이 아닌 괴음이 곳곳에서 울려 퍼지고 있었다.

"변이된 몬스터들인가."

여러 생명체가 뒤섞인 것 같은 몬스터 떼가 그를 향해 달려들고 있었다.

"가볍게 해치우고 빠르게 탑을 돌파해야겠군."

콰르르르!

신운이 가볍게 진각을 박차자, 수천 개의 천둥이 동시에 내리꽂히는 듯한 굉음이 울려 퍼지고 있었다.

콰드득!

서거걱!

소름 끼치는 절삭음과 함께 거대한 건물 같던 악마의 거체가 무릎을 꿇었다.

재앙이라 불렸던 발록보다도 더 강력한 힘을 지닌 그레이트 데몬의 목이 잘려 땅을 뒹굴고 있었다.

파밧!

촤아아!

전투가 종료되자 50명에 가까운 헌터 공격대가 일사불란하게 움직이고 있었다.

놀랍게도 50명 전원이 S급 이상의 헌터들이었다.

주변으로 퍼져 나가는 기운의 방출량이 한 명, 한 명이 죄다 칠성좌에 비견될 정도의 강함을 지니고 있는 듯했다.

그레이트 데몬의 부산물을 모두 수거한 그들은 이내 한 사람 앞에 극진히 예를 갖췄다.

"30층 올 클리어했습니다."

"경축드립니다, 회장님. 이제 목표물의 탈환까지 단 한 층만 남았습니다."

헌터들은 모두 온몸을 가리는 긴 로브로 정체를 숨기고 있는 존재에게 회장이라 지칭하고 있었다.

한데 이상했다.

그리핀 길드에서 회장이라 불릴 수 있는 존재는 단 한 명.

분명히 현실에서 그리핀의 본사 지하에 있을 여조규뿐이었기 때문이었다.

"수고했다."

하지만 그런데도 로브의 사내는 너무도 자연스럽게 그들의 예를 받고 있었다.

절대적인 권력을 지니고 있는 그리핀에서 회장을 사칭하는 것은 즉결 처형이었는데도 말이다.

하지만 헌터들은 조금의 의심도 없이 그에게 다시금 예를 갖췄다.

"예! 그럼 전투대 전원이 회복하는 대로 위층으로 이동하겠⋯⋯."

삐삐삐!

위이잉!

한데 그때였다.

갑자기 그들의 탐지 장치에서 요란한 소음이 울려 퍼졌다.

"……이게 무슨?"

"……왜 클리어한 저층(低層)에서 위험 신호가?"

그들의 의아함은 이유가 있었다.

이제 마지막 한 층만을 남겨 놓은 상태에서 탐지 장치는 모두 소모가 된 상태였다.

즉 지금 울려 퍼지고 있는 탐지 장치는 모두 그들이 클리어를 완료한 아래층에서 울려 퍼지고 있는 것이란 뜻이었다.

눈앞의 그레이트 데몬처럼 층왕(層王)이라 불리는 각층의 보스들이 등장할 때 탐지 장치는 울린다.

'한 층의 몬스터들을 모두 해치워야 층왕은 리스폰된다. 장치가 고장 났나 보군.'

공격대 전원은 모두 그렇게 생각했지만.

삐삐삐! 삐삐삐!

위이잉! 위이잉!

소음은 끝없이 울려 퍼졌다.

"23층 클리어."

"24층 클리어."

"25, 26층 클리어."

말도 안 되는 속도로 층이 다시금 클리어 되고 있었다.

어떤 두려움도 없어 보였던 헌터들의 얼굴에 처음으로 긴장감이 서렸다.

한 달이란 시간 동안 그들 전부가 목숨을 걸고 클리어했던 탑이 어처구니없는 속도로 해결되고 있었기 때문이었다.

"말도 안 돼. 대체 뭐가 오고 있는 거야?"

분명히 압도적인 힘을 지닌 '무언가'가 그들을 뒤쫓아 오고 있었던 것이다.

시간은 빠르게 흘러갔다.

그들은 30층으로 넘어갈까 했지만, 완벽히 회복되지 않은 상태로 넘어가는 건 자살행위나 마찬가지였기에 불가능했다.

그러는 사이.

"……29층 클리어."

"상대가 곧 도착합니다."

무언가는 그들의 코앞까지 당도해 있었다.

우우웅!

푸른 이동 포털이 그들의 눈앞에 생성되고 있었다.

곧 적이 들이닥칠 것이다.

공격대를 이끄는 공격대장이 회장에게 급히 말을 꺼냈다.

"……회장님."

"최소 인원만을 남기겠습니다. 먼저 올라가시죠."

그들의 뒤편에 붉은 포털이 펼쳐져 있었다.

저곳으로 들어가면 마지막 층으로 향할 수 있었다.

하지만 로브의 사내는 고개를 가로저었다.

"아니, 기다리고 있던 자다. 오히려 잘되었어."

로브 속에서 피로 물든 세로 동공이 번뜩이고 있었다.

"은원의 끝을 봐야겠군."

살의를 가득 담아 뇌까리던 그때.

스아아!

처척.

"전원 공격 준비!"

"모두 검을 들어라!"

채챙!

공격대 전원이 각자의 아티팩트를 꺼내 무장했다.

드디어 의문의 상대가 제 모습을 드러내고 있었다.

그들의 예상과는 전혀 다른 젊은 사내가 모습을 드러냈다.

"후, 별 같잖은 것들이 다 발목을 붙잡는군. 아으, 더러
워."

잔뜩 미간을 찌푸린 상대.

그가 몸을 털 때마다 그의 전신에 묻은 층왕들의 사체 조
각이 우수수 떨어지고 있었다.

'저건 커스 드래곤의 눈알, 저건 원왕의 뼛조각…….'

'우리가 한 달이 족히 걸린 서른 명의 층왕들을 어떻게 이
렇게 순식간에!'

그 어처구니없는 모습에 당혹감을 숨기지 못하던 것도

잠시.

이내 상대의 얼굴이 본부와의 통신을 통해 들었던 위험인물의 용모파기와 똑같다는 것을 확인했다.

"잠깐, 저자는!"

"……독왕? 저놈이 어떻게 여기에?"

"걸어왔지, 뭘 어떻게 와."

공격대의 헌터들의 물음에 신운이 귓구멍을 파며 대답했다.

힘을 되찾은 그는 적들이 한 달 이상을 소요한 클리어를 가볍게 해치운 상태였다.

스아아!

콰가가가!

헌터들의 기운으로 공간이 뒤흔들리고 있었다.

"오랜만이구나, 유신운."

순간 로브의 사내가 반갑다는 듯 나직이 말을 꺼냈다.

"뭐야, 넌?"

하지만 신운은 고개를 갸웃하며 대답했다.

아무리 보아도 누군지 몰랐기 때문이었다.

"이 자식이 감히 회장님께!"

"입을 찢어 버리겠다!"

"회장? 이 새끼들이 뭔 소리를 하는 거야? 쟤가 왜 너희 회장이야?"

무림세가
전법집사

"뭣들 하고 있어!"

"당장 죽여!"

파바밧!

촤아아!

신운의 망언에 50명의 헌터들이 동시에 달려들었다.

검, 창, 도, 활, 마법, 정령 등등 각기 자신의 영역에서 최강의 헌터라고 불리는 이들이 자신의 평생을 쌓아 온 절기를 모두 쏟아부었다.

첫 공격에 그들은 목숨을 담았다.

조금의 방심도 없었다.

유신운과 직면한 순간, 그만큼 상대가 초월적으로 강함을 이미 알고 있었기 때문이었다.

하지만.

그들의 상대인 신운은 검도 꺼내지 않았다.

"뇌운십이검."

스아아!

서거걱!

검지와 중지를 모아 가볍게, 장난처럼 허공을 가로 그을 뿐이었다.

그뿐일진대…….

서거걱!

콰가가가!

"……!"

도망칠 수 있는 모든 방위를 점하며 그를 향해 달려들었던 이들은.

단말마의 비명조차 내뱉지 못하고 상체와 하체가 반으로 잘려 모두 바닥에 쓰러졌다.

퍼버벅!

투두둑!

반으로 잘린 시체들이 우수수 땅으로 떨어져 꿈틀거렸다.

끔찍한 참상이었으나 신운은 그들의 시체를 아무런 감정도 없이 흘깃 쳐다보고는 천천히 나아갈 뿐이었다.

그는 인간 같지도 않은 쓰레기들에 동정 따위는 가지지 않았다.

"허수아비들은 모두 치웠고……. 이제 우리 차례지?"

스아아!

신운이 천천히 기운을 끌어 올리며 말을 꺼냈다.

짝짝!

그때, 로브의 사내가 감탄했다는 듯 박수를 쳤다.

"대단하군. 차원 이동을 하며 잃은 힘을 거의 되찾은 모양이지?"

신운의 눈이 게슴츠레해졌다.

혈교주만이 알 수 있는 정보였기 때문이었다.

"너, 정말 혈교주냐?"

"흠, 반은 맞고, 반은 틀리다할 수 있겠군."

알 수 없는 말을 중얼거린 혈교주가 뒷말을 이어 갔다.

"정신은 분명히 반쪽으로 쪼갠 나지만……."

좌아아.

사내가 로브를 벗자 신운의 눈이 처음으로 커졌다.

그의 눈에서 참을 수 없는 분노의 빛이 서렸다.

무림으로 가기 전의 유신운의 몸이, 누더기를 아무렇게나 실로 꿰어 만든 봉제인형처럼 이어 붙어져 있었다.

"이 육신은 바로 너니까."

그러니까 '강태하'의 육신 안에 들어 있는 혈교주가 비릿하게 웃고 있었다.

"……네놈이 감히."

스르릉!

좌아아!

분노에 휩싸인 신운이 융독겸을 소환했다.

"당장 처죽여 주지."

신운은 곧바로 달려들어 몸을 여섯 조각으로 잘라 버릴 작정이었지만.

혈교주는 천천히 자신의 손을 들어 올렸다.

스아아!

그러자 갑자기 또 다른 이동 포털이 모습을 드러냈다.

신운은 그 포털이 다름 아닌 현실 세계로 이어지는 탈출구임을 알 수 있었다.

"클클, 그러면 좋겠다만…… 아니, 네놈은 나와 투닥거릴 시간이 없을 게다."

"뭔 개수작이냐."

혈교주가 즐겁다는 듯 웃음을 터뜨리며 말을 꺼냈다.

상대는 절대 자신을 쫓을 수 없었다.

"하하, 네놈이 이곳을 막는 동안 현실은 무너지고 있을 거다. 자, 선택해라, 현실의 멸망을 막을지, 아니면 나를 잡을……."

하지만 그때였다.

그의 말이 끝나기도 전에 신운이 주먹에 수많은 기운을 휘감았다.

쾅르릉!

쾅아앙!

그러곤 그의 예상과는 전혀 다른 선택을 했다.

곧장 현실로 향하는 포털을 힘으로 뭉개 버린 것이다.

탈출구가 힘없이 사라졌다.

"……무슨?"

혈교주는 평점심이 무너진 얼굴로 신운을 쳐다보았다.

그러자 신운이 목을 돌리며 말했다.

"안 가도 돼. 이미 대책을 다 세워 놨으니까."

"뭐?"

"됐고. 자, 그럼 맞자."

신운이 탑을 등반하고 있던 시점.

현실은 완전히 지옥이 되어 있었다.

"사, 살려 줘!"

"으아아!"

"몬스터다! 도망쳐!"

모든 대도시의 하늘이 핏빛으로 물들며, 곧이어 이형의 게이트가 도시를 점거해 버린 것이다.

그리고 진홍빛으로 물든 하늘에서 쏟아지기 시작한 것은 이전의 것과는 비교도 되지 않는 흉포함과 강인함을 지닌 몬스터들이었다.

-크아아!

-그르르!

입가에서 침을 질질 흘리며 눈은 광기로 물든 몬스터들은 한눈에 보아도 일반적인 상태가 아니었다.

게다가 키메라를 연상케 하는 기괴하기 짝이 없는 외형은 시민들에게 공포를 야기하고 있었다.

"블리자드 스톰!"

"호천격!"

"화력을 더 집중해! 어떻게든 시민을 구해야 한다!"

함께 게이트 안에 갇힌 헌터들이 몬스터들을 향해 수많은 스킬을 쏟아부었다.

지금까지 겪어 보지 못한 초유의 비상사태라는 것을 모두가 직감했는지, 그들은 길드라는 틀에서 벗어나 모두가 힘을 합쳐 전투를 치르고 있었다.

하지만.

서걱!

콰드득!

"쿨럭!"

"끄, 끄극!"

곳곳에서 사망자가 속출하고 있었다.

이형의 게이트에서 쏟아지는 몬스터들은 그야말로 재앙에 가까웠다.

'우린 이대로 끝인 건가.'

'……죽고 싶지 않아.'

빠르게 헌터들과 시민들의 눈에 절망의 빛이 감돌던 그때.

촤아아!

파아앗!

하늘에서 흩뿌려지는 광채와 함께 수많은 선이 그어졌다.

그 광경을 본 모든 이들의 눈에 희망의 빛이 감돌고 있었다.

평소엔 끔찍하게도 싫어했지만 이런 사태에서는 누구보다 힘이 되어 줄 이들이 도착했음을 알려 주는 것이었기 때문이었다.

선은 곧 땅에 닿았고, 수백에 가까운 새로운 헌터들이 모습을 드러냈다.

처척!

그들은 다름 아닌 회장 여조규의 오른팔인 기사성(騎士星) 알렉스가 이끄는 그리핀의 최정예 헌터들이었다.

와아아!

이 끔찍한 상황을 역전시킬 희망을 찾은 사람들이 환호성을 질러 댔다.

"그리핀이다!"

"사, 살았어."

"일성좌(一星座)다! 우린 살았어!"

"기사성 님, 저희를 도와주세요."

자신들을 향해 기쁨의 눈물을 흘리는 시민들을 보던 알렉스가 나직한 목소리로 부하들에게 명령했다.

"성멸대(星滅隊) 전투준비!"

"전투준비!"

스르릉!

촤아아!

알렉스의 명에 따라 한 몸처럼 움직인 성멸대원들이 각자의 무기에 기운을 불어 넣었다.

S급을 상징하는 가지각색의 파괴적인 스킬들이 그들의 무기에서 피어나고 있었다.

알렉스와 성멸대원의 눈에 지독한 살기가 감돌고 있었다.

하지만.

그런 그들에게서 이상(異常)을 감지한 것은 A급 이상의 헌터들이었다.

'뭔가 이상해.'

'저놈들 설마……!'

살아 숨 쉬는 모든 것을 찢어발기며 미쳐 날뛰고 있는 게이트에서 나온 몬스터들이 그리핀의 헌터들은 무시하고 지나치고 있었다.

마치 자신들의 동료인 것처럼 말이다.

스르릉!

그때, 알렉스의 검 끝이 자신의 적을 향했다.

바로 시민과 헌터 들을 향해 있었다.

"모두 물러나!"

"저놈들은 도와주기 위해 온 게 아니야!"

일반 헌터들이 급히 시민들을 위해 보호막을 치고 있었지만.

"발포!"

우우우웅!

콰가가!

알렉스의 명과 함께 성멸대원들은 조금의 망설임도 없이 시민들을 향해 공격을 퍼부었다.

"......!"

"......?!"

헌터들이 급히 친 보호막은 그들의 공격에 1초도 버티지 못하고 찢어발겨졌다.

거대한 폭음과 함께 스킬에 휩싸인 모든 것들이 잿더미로 돌아갔다.

아아.

사람들의 탄식이 곳곳에서 쏟아졌다.

피어오른 먼지구름이 걷히자 시민들의 참혹한 시체가 사방에 즐비했기 때문이었다.

"이 미친 새끼들이! 뭐 하는 짓이야!"

"네놈들, 네놈들이 이 모든 사태의 원흉이었나!"

헌터들이 알렉스와 성멸대를 향해 격한 분노를 토해 냈다.

하지만 알렉스는 평소 보여 주었던 따뜻한 모습 따위는 전혀 없었다.

자신을 노려보는 모든 이들을 얼음장처럼 차가운 시선으로 내려다보며 회장의 전언을 전할 뿐이었다.

"삶의 가치도 모르는 벌레들이여. 감읍해라. 너희들의 저열한 생을 회장님이 신세계를 이룩하는 데에 사용해 주기로 하였으니."

"미친놈!"

"개소리하지 마!"

"죽엇!"

근접 전투형 헌터들이 득달같이 알렉스에게 달려들었다.

전광석화처럼 공간을 박차며 이동하는 그들의 검에 선명한 오러 블레이드가 솟아올라 있었다.

자신을 향해 수많은 오러 블레이드가 폭우처럼 쏟아지는데도, 알렉스는 조금의 두려움도 없었다.

"자신들의 쓰임의 가치도 모르는 벌레들이란 참으로 끔찍한 악취를 풍기는군."

그저 짜증이 난다는 듯, 조금 미간을 찌푸릴 뿐이었다.

스릉!

어떻게 검을 꺼냈는지도 알 수 없는 속도로 검갑에서 발검한 알렉스는.

촤라라라!

서거걱!

1초도 되지 않는 짧은 시간 동안 수십 개의 참격을 적들에게 쏟아 냈다.


스페이스 블레이드(Space Blade).

일식(一式).

공간참 횡(空間斬 橫).

알렉스의 검로를 따라 허공에 수많은 틈새가 벌어졌다.

그리고 그 벌어진 틈새를 따라.

"?"

"……!"

"끄극!"

수십 미터는 떨어져 있는 적들이 갑자기 참격에 온몸이 난자되어 지면에 쓰러졌다.

참격이 공간을 베고 적을 직격한 것이다.

공간 그 자체를 다루는 특수 직업, '스페이스 워커'인 그의 주특기였다.

그르르!

크극!

피 냄새를 맡은 몬스터들이 더욱 몰려왔다.

몬스터들은 곳곳에 뿌려진 시체들을 음미하며 새로운 먹잇감에 시선을 돌리고 있었다.

그 끔찍한 광경을 보는 헌터들과 살아남은 시민들의 눈에 절망이 깃들었다.

마지막 희망이었던 A급 헌터들마저 제대로 된 반격 한번 해 보지 못하고 모조리 도륙된 상황.

이제 희망이 사라진 것 같았다.

"이제 너희들의 운명을 받아들……!"

알렉스가 그들에게 사형을 선고하려다가 급히 말을 멈췄다.

좌아아!

'무슨?!'

갑자기 허공 저편에서 엄청난 기운의 움직임이 느껴졌다.

혜성처럼 빠르게 움직이는 미확인체에게서 최소 자신과 동급의 기운이 느껴지고 있었다.

머릿속에 떠오르는 인물은 하나였다.

'……독왕? 하지만 그놈은 법성이 맡았을 텐데!'

알렉스가 알 수 없는 상황에 의아해하던 찰나.

쐐애액!

콰가가!

검 한 자루를 타고 허공을 날아온 한 존재가 땅에 착지했다.

'저놈은?'

먼지가 걷히고 모습을 드러낸 것은 고등학생 정도나 되었을 젊은 사내였다.

몸에 붙은 먼지를 툭툭 털어 내며 사내는 한숨을 내쉬었다.

"후, 아직 어검비행(馭劍飛行)이란 건 쉽지 않군."

좌아아!

일랑이 가볍게 손을 뻗자 천마(天魔)의 상징인 멸천이 자연스럽게 허공에 떠올라 그의 손으로 날아왔다.

"네놈은 누구냐?"

"그건 알 거 없고."

일랑의 건방진 말에 알렉스는 분노가 치밀어 올랐다.

살기가 가득한 눈빛으로 상대를 노려본 순간.

'무슨 눈빛이?'

그는 도리어 상대방의 공허함만이 가득해 보이는 깊이를 짐작할 수 없는 눈에 당황할 수밖에 없었다.

"너, 그리핀이지?"

"……그렇다."

"그럼 죽어라."

파아앗!

일순간, 일랑이 서 있던 곳에서 모습을 감췄다.

사방천지의 어디를 보아도 일랑의 자취는 찾을 수가 없었다.

'설마 상대도 공간을-?'

알렉스는 그렇게 생각하고 공간을 파악하는 자신의 기감을 넓게 펼쳤지만, 어디에서도 일랑을 찾을 수는 없었다.

"……!"

그럴 것이 일랑은 그저 그가 눈으로 좇을 수조차 없는 빠르기로 천마군림보(天魔君臨步)를 펼쳐 그의 코앞까지 당도한 것이기 때문이었다.

콰가가!

퍼어억!

진마기를 두른 일랑의 주먹이 알렉스의 안면을 강타했다.

상상을 초월한 빠르기에 알렉스는 기운을 덮지도 못하고, 그대로 날아가 빌딩에 파묻혔다.

"대, 대장님!"

갑작스러운 사태에 코앞에 진을 치고 있던 성멸대원들이 당황하고 있었다.

움직이는 것조차 파악하지 못한 그들의 눈동자에 시민의 것과 같은 공포가 감돌고 있었다.

"뭐, 뭐 해!"

"죽엿!"

파바밧

크아아!

알렉스가 회복할 때까지 시간을 벌어야 한다고 생각한 부관이 공격을 명령했다.

그러자 성멸대원들과 주변에 있던 몬스터들이 일제히 일랑에게 달려들었다.

수두룩한 S급 헌터들.

재앙급의 바로 아래에 속한 끔찍한 몬스터들.

분명히 두려워야 했지만.

'왜지? 오히려 신이 나는 건.'

일랑은 저도 모르게 지어지는 미소에 놀라고 있었다.

스르릉!

우우웅!

어느새 가장 친한 친구가 된 멸천도 기분 좋은 울림을 전하고 있었다.


　-내가 적의 계획을 깨부수려는 동안, 그리핀은 총력전을 펼칠 거다. 내 도플갱어들을 전국으로 뿌려야 할 테니, 본사가 위치한 서울은 네가 막아 주는 수밖에 없어.


파앗!

'오실 때까지 모두 박살을 내 놓고 있겠습니다.'

일랑이 신운의 말을 되새기며 앞으로 한 점의 빛이 되어 날아갔다.

아직 앳됨이 가득했던 그의 눈동자가 수라(修羅)의 그것으로 변해 있었다.

투신의 광기에 물든 채.

콰르르!

파스스!

일랑이 검붉은 뇌기로 끓어오르는 멸천을 성멸대원들에게 휘두르기 시작했다.

뇌운십이검.
신(新)일랑류.
1초.
뇌운직광(雷雲直狂).

콰르르!
콰가가가!
단 한 번 긋는 뇌운직강을 일랑이 수십 번이나 베어 내고
있었다.
신운의 가르침과 멸천에 잠들어 있던 과거 무림의 유일랑
의 검식을 받아들인 일랑은 새로운 검로를 만들어 냈다.
신일랑류는 광기와 분노의 검식이었다.
콰르르르!
콰가가!
검은 뇌전이 허공을 찢어발길 때마다 적들의 시체가 우박
처럼 하늘에서 쏟아져 내렸다.
성멸대는 마지막 대전을 앞두고 수명과 맞바꾼 도핑으로
전원이 S급으로 올라섰다.
"모두 스킬을 다 퍼부어!"
"황천의 손길!"
"헬파이어!"
"오러 스트라이크!"

저주술사의 즉사의 기운을 담고 있는 스킬이.

원소술사의 7서클의 최종 마법이.

소드 마스터의 경지에 오른 검사가 쏟아 내는 비기가.

모두 한 점으로 모여 일랑에게 휘몰아치고 있었다.

'우습다.'

하지만 그 모든 힘을 바라보는 일랑의 평가는 그 정도였다.

뇌운십이검.

신일랑류.

3초.

괴뢰참무(怪雷斬舞).

아무리 후천적인 힘을 깡그리 모았다고 해도, 한 줌의 선천적인 재능을 이길 순 없었다.

일랑이 검무를 추기 시작하자 세상이 멈췄다.

검붉은 뇌기가 허공을 수놓고 적들의 공격은 모두 한 줌의 먼지로 사라지기 시작했다.

모든 스킬을 무(無)로 만든 그 기운의 파동은 파도처럼 넘실거리며 성멸대원들에게까지 퍼져 나갔다.

'무슨, 말도 안 되는.'

'괴, 괴물.'

도망치려 했지만 불가능했다.

감전이 된 듯 손끝 하나 발끝 하나 움직이지 않았다.

끔찍한 뇌기로 뇌가 부글부글 끓어오름을 느끼며, 성멸대원들은 그대로 한 줌의 핏물이 되어 죽어 나갔다.

그런 찰나.

"쿨럭, 컥. 이노옴!"

기사성 알렉스가 충격에서 회복해 다시금 모습을 드러냈다.

스아아아!

촤아아!

그의 검에 푸른 빛의 검강이 모습을 드러내어 있었다.

자신의 평생의 심득.

그리고 여조규 회장의 모든 가르침을 집대성해 만든 최후의 비기.

"네놈을 보내지 않겠다!"

일랑에게 달려드는 그는 자신이 진다는 생각 따위는 조금도 하지 않았다.

알렉스가 미친 듯이 검격을 쏟아 냈다.

촤아아!

서거걱!

수십, 수백의 공간의 틈이 생기며 일랑에게 오러 블레이드가 홍수처럼 쏟아졌다.

휘익!

획.

'무슨–?'

하지만 일랑은 그 모든 것을 가볍게 회피했다.

알렉스의 평생의 노력을 아무렇지 않게 농락하고 있었다.

스아아!

이어 일랑이 알렉스가 만든 공간의 틈새로 몸을 날렸다.

자살행위였다.

인간은 절대 공간의 틈새의 허무를 견딜 수 없었–.

'……!'

서걱!

목 주변에 온기를 느낀 그는 갑자기 시야가 역전됨을 느꼈다.

하늘과 땅이 반대로 보이는 광경 속에서, 차가운 일랑의 눈빛이 비치고 있었다.

'아아.'

그제야 그는 자신이 목이 잘려 나갔음을 깨달았다.

'이게 무슨!'

현실과 이어진 포탈 안에서 알렉스의 기운이 갑자기 사라진 것을 느끼자 혈교주가 인상을 찌푸렸다.

그 모습을 바라보던 신운이 피식 웃어 보였다.

"왜, 수족이 죽은 게 슬픈가?"

"닥쳐라!"

촤아아!

혈교주, 아니 강태하의 육신이 오른손을 들어 올리자 허공이 비틀리며 수백의 뼈의 창이 소환되었다.

"죽엇!"

쐐애액!

파아앗!

파공성이 터져 나오며 본 스피어가 일제히 신운에게 폭우처럼 쏟아졌다.

스으으!

신운이 유령처럼 움직이며 본 스피어들을 피해 내기 시작했다.

팍! 파팍!

엄청난 속도로 움직이는 신운의 움직임에 본 스피어들은 그가 남긴 잔상을 뚫고 지면에 박혔다.

파스스!

본 스피어가 박힌 지면이 흔적도 없이 녹아내렸다.

그 모습을 지켜보던 신운이 미간을 좁혔다.

'아무래도 육신에 남아 있는 내 사령술을 모두 사용할 수

있는 것 같고. 담긴 힘은 독인가?'

스릉!

신운이 융독겸을 높이 들어 올렸다.

기운을 불어넣은 융독겸이 순식간에 암녹빛으로 물들어 환히 빛을 뿜어냈다.

세상 모든 독을 지배하는 융독겸의 권능을 사용한 것이다.

신운은 본 스피어에 담긴 독기를 흡수해 버릴 생각이었지만.

"허튼 수작 부리지 마라!"

우우웅!

촤아아!

혈교주가 다시 한번 손을 비틀자 더욱 강한 기운을 뿜어내는 본 스피어들이 연이어 날아들었다.

'독이 아니군.'

융독겸의 권능이 먹혀들지 않고 있었다.

지면을 녹여 버리고 있는 본 스피어에 담긴 기운은 전혀 다른 기운이었다.

유신운이 융독겸을 맹렬히 회전시켜 날아드는 본 스피어들을 분쇄시켜 버렸다.

팅! 티팅!

스걱!

하지만 그중에 하나가 틈을 꿰뚫으며 신운의 왼쪽 어깨를 얇게 베고 스쳤다.

치이이!

"……!"

[상대의 '허무의 힘'이 플레이어의 '육혼번'에 깃듭니다.]
[보패, '육혼번'이 영구히 손상되었습니다.]

그와 동시에 시스템 메시지가 떠올랐다.

그의 몸을 감싸고 있던 방어 보패, 육혼번이 손상되었다는 알림이었다.

'차원의 틈에 혼재되어 있던 허무의 힘이 담겨 있다. 저놈이 어떻게?'

본 스피어에는 그와 혈교주의 힘을 봉인시킨 허무의 힘이 담겨져 있었다.

서걱!

더 이상의 손상을 막기 위해, 신운은 독처럼 퍼져 나가는 육혼번의 어깨 부위를 잘라 냈다.

그 모습을 지켜보던 혈교주가 비열한 웃음을 토해 냈다.

"클클, 왜 그리 놀라고 있나. 너만 오늘의 전투를 준비했을 것 같더냐!"

좌아아!

스아아아!

순간, 혈교주의 전신에서 강대한 힘이 파도처럼 흘러넘치기 시작했다.

허무의 힘, 음의 마나, 마력.

세 가지의 기운이 모두 혼재되어 뒤섞여 있었다.

신운처럼 하나의 힘으로 조화시키진 못했지만, 오히려 그런 충돌을 일부러 일으킨 듯 힘들을 더욱 미쳐 날뛰게끔 만들고 있었다.

"난 이제 최강이다! 네놈의 사령술과 나의 마법, 거기에 이 허무의 힘까지 더해진 나를 막을 수 있는 것은 어디에도 없다!"

혈교주가 일갈을 토해 내며 신운에게 전광석화처럼 달려들었다.

파아앗!

파밧!

한줄기의 빛처럼 쇄도한 혈교주가 세 가지의 기운이 휘몰아치고 있는 주먹을 신운에게 뻗었다.

허무의 기와 사령술인 황천(黃泉)의 손길 그리고 마법 다크 슬래셔가 동시에 펼쳐졌다.

신운은 융독겸에 자신의 기운을 더욱 불어넣었다.

우우웅!

수백의 강환들을 융독겸을 감싸 회전시키며 적의 공격이 보패에 닿지 않게 만들었다.

그그극!

콰가가가!

힘과 힘이 맞부딪친 순간, 엄청난 폭음이 터져 나왔다.

마치 수천 개의 폭탄이 동시에 터진 것 같은 소음이었다.

그리고 두 사람의 공방은 끝없이 이어지기 시작했다.

콰가가!

콰아앙!

둘이 격돌할 때마다 탑 전체가 뒤흔들리고 있었다.

일수를 겨룰 때마다 생긴 기운의 파장이 폭풍처럼 주위에 퍼져 나갔다.

보기에 대등한 실력을 지닌 박빙의 승부처럼 보이고 있었지만.

시간이 지날수록, 신운의 얼굴에 여전히 여유가 넘치는 반면.

혈교주의 표정은 점점 어두워지고 있었다.

'뭐지? 조금도 뚫지를 못하고 있어. 이럴 리가 없는데…….'

상대의 보패를 손상시키고 상처를 주었을 때까지만 하더라도 승리를 직감했다.

한데 무언가 이상했다.

점점 공방을 겨룰수록 상대가 점점 더 강해지는 것 같은 느낌이었다.

그리고 자신의 공격에도 익숙해지는 것 같았다.

'아니 익숙한 게 아니라…….'

마치 애초에 목표가 다른 곳에 있는 것 같았다.

마치 자신의 힘을 공부하듯.

'저 눈은 대체.'

본질을 꿰뚫는 것 같은 저 두 눈으로 모든 것을 관조하고 있었다.

파팍! 파밧!

지금 이 순간에도 자신은 한 번의 공격에 모든 힘을 전부 불어넣고 최선을 다하고 있는 반면.

휘익. 휙.

상대는 최소한의 힘만을 사용하며 흐르는 물처럼 여유로이 회피하고 있었다.

갑자기 마음 한편에서 상대가 자신을 농락하고 있는 것 아닌가, 하는 불편한 진실이 떠올랐지만.

'아냐, 그딴 게 가능할 리가 없어!'

"크아아! 죽여 버리겠다!"

절대로 인정할 수 없었던 혈교주가 자신의 기운을 한계 이상으로 끌어 올렸다.

촤아아!

스아아!

지면에 수백의 소환진이 펼쳐졌다.

그리고 그 속에서 수많은 망자들이 모습을 드러내었다.

스르릉!

콰가가!

의문의 실종을 당했던 수많은 헌터들이 기워진 시체의 모습으로 끝없이 소환되고 있었다.

크아아!

카오오!

그와 동시에 수많은 본 드래곤들 또한 모습을 드러냈다.

혈교주가 존재하던 본래의 세계에서 데려온 혈족들을 사령술을 통해 본 드래곤으로 만든 것 같았다.

그야말로 군단이라 표현할 수 있을 만큼의 위용을 갖춘 병단이었다.

"네놈의 힘이 네놈의 목에 칼을 꽂게 할 것이다!"

혈교주가 포효를 토해 냈다.

소환수들 전체에 허무의 힘이 깃들어 있었다.

소환을 하는 동시에 자신의 기운을 넘겨준 것이다.

'힘이 얼마 남지 않았군. 하지만 저놈만 죽일 수 있다면 상관없다.'

다시 채워 넣을 수 없는 허무의 힘이 사라진 것은 아쉽지만 어쩔 수 없는 일이었다.

"자. 저놈을 죽……!"

"흠, 대충 알겠군."

"뭐?"

"허무의 힘을 그대로 망자의 육신에 넘겨 버리면, 망자가 육신에서 허무의 힘을 방출하는 형태로 사용할 수 있게 되는 건가."

"……!"

총공세를 펼치려던 혈교주는 이어진 신운의 말에 경악을 금치 못했다.

'어, 어떻게?'

힘의 사용 방식을 완벽히 꿰뚫고 있었기 때문이었다.

혈교주가 당황을 금치 못하고 있던 그때, 신운이 비릿하게 웃으며 말을 이어 갔다.

"근데 허무의 힘이 소진될수록 육신과 정신이 파괴되는 건 본체가 말을 안 해 준 건가, 아니면 그 생각 자체를 봉인시킨 건가?"

"뭐, 뭣? 그게 무슨 개소리냐!"

"봐라, 네놈의 몸을. 벌써부터 무너지고 있잖아."

신운이 검지로 혈교주의 왼팔을 가리켰다.

고개를 내리자 정말로 육신이 금이 가 있었다.

그뿐 아니라 점점 가루가 되어 흩날리기까지 하고 있었다.

'크윽!'

갑자기 머리가 깨질 듯 아파 왔다.

"으아아!"

"본체가 걸어 놓은 금제가 작동하는 건가. 이제 알겠군. 그냥 네놈은 본체의 희생양에 불과했던 거야."

끝없이 이어지는 신운의 조롱에 혈교주는 정신이 붕괴될 것만 같았다.

자신을 버리는 카드로 쓴 본체에 대한 분노가 치밀어 오르는 것도 잠시.

'아니, 내가 사라지더라도 상관없다. 저놈만 죽일 수 있다면.'

이내 눈앞의 신운을 보며 흩어지려는 정신을 붙잡았다.

"⋯⋯필요 없다! 네놈만 죽일 수 있다면! 모두 죽여라!"

파아앗!

콰가가가!

혈교주가 명령을 내리자 소환수들이 단체로 신운에게 달려들었다.

그 광경을 보며 신운은 그저 아쉽다는 듯 혀를 찰 뿐이었다.

"칫, 쉽게 가려고 했는데, 아쉽군."

세치 혀로 분신에 정신 붕괴를 일으켜 자멸하게 할 작정이었는데, 실패로 돌아가고 만 것이었다.

"보패가 닿으면 손상될 테니까. 오랜만에⋯⋯."

말을 마친 신운이 육독겸을 그대로 역소환했다. 투명하게 육신을 감싸던 육혼번마저 흔적도 없이 사라졌다.

스아아!

신운의 전신에서 적들을 모두 합친 것보다도 강대한 기운이 폭풍처럼 휘몰아쳤다.

"맨주먹으로 상대해 줘 볼까."

파아앗!

콰르르!

신운이 가볍게 진각을 밟자, 충격을 받은 지면이 그대로 무너져 내렸다.

적들 중 상당수가 그렇게 뚫린 지면의 구멍으로 떨어져 내렸다.

그중 강한 놈들만이 떨어져 내리는 파편들을 밟고 신운에게 다시금 쇄도하고 있었고.

그아아아!

날개를 달고 있는 본 드래곤들은 조금의 문제없이 신운에게 다가와 있었다.

촤아아아!

빌딩도 그대로 가루로 만들 본 드래곤의 거대한 날개들이 신운에게 쏟아지고 있었다.

하지만 신운은 피할 생각도 하지 않고 날아드는 날개들에 연이어 일권을 날렸다.

쐐애액!

콰르릉!

가볍게 뻗은 일권이 허공을 강타했지만, 권력은 그에 그치지 않고 공간을 뚫고 날아가 날개 한쪽을 산산조각 내 버렸다.

신운의 손에서 다시 탄생한 소림의 백보신권(百步神拳)이었다.

그리고 가볍게 몸을 회전한 신운이 또 한 번 부드러우면서도 강맹하게 일권을 내뻗었다.

스아아아!

쿠우웅!

이번에는 허공을 타격하지 않고 그림자에 몸을 숨긴 채, 은밀히 자신의 목을 내리던 SS급 헌터의 목을 그대로 꺾어 버렸다.

무당의 기초 권법, 태극권(太極拳)이 무리의 극한을 깨달은 신운의 손에서 신공절학으로 변해 있었다.

스아아!

신운의 주먹이 뻗어나갈 때마다 수십의 적들이 한꺼번에 모래먼지가 되며 사라지고 있었다.

그 말도 안 되는 참상을 지켜보던 혈교주가 고함쳤다.

"다, 다 같이 합공해!"

하지만 떨리는 목소리만은 숨기지 못했다.

이대로는 이길 수 없다는 것을 직감한 혈교주는.

'소환수들을 모두 잃더라도 어쩔 수 없어.'

소환수들을 희생해서라도 자신이 지닌 최강의 마법을 신운에게 꽂아 넣기로 결정했다.

스아아아!

쐐애애액!

탑 너머의 하늘에서 타오르는 강대한 마력이 담긴 운석들이 날아들고 있었다.

그의 본래 세계에서도 금단의 마법이었던 메테오였다.

신운이 기운의 흐름을 보고 무언가가 날아들고 있다는 것을 확인했다.

신운의 시선이 천장을 향하자.

"붙잡아아!"

찢어지는 목소리로 혈교주가 소환수들에게 마지막 명령을 하달했다.

크아아!

그르르르!

얼마 남지 않은 본 드래곤 전부와 헌터 사령수들이 모조리 신운의 육신을 붙들었다.

멀리서 보면 시체들로 뭉친 둥근 공처럼 보일 정도였다.

우우웅!

우우우웅!

그러나 그런 제지에도 신운은 멈추지 않았다.

자신을 물고 뜯는 시체들을 가만 놔둔 채, 그저 마지막 일권을 준비할 따름이었다.

콰르르릉!

콰가가!

그 순간, 탑의 천장이 모두 무너져 내렸다.

메테오가 신운에게로 직격하고 있었다.

"크하하! 죽어라!"

혈교주가 신운의 최후를 직감하고 광소를 터뜨리고 있었다.

일반적인 메테오 마법과는 비교도 되지 않는 엄청난 크기의 운석이었다.

파스스스!

파스스!

그러던 그때, 갑자기 이상 현상이 발생했다.

"……!!"

신운을 막고 있던 소환수들이 그대로 먼지가 되어 흩날리는 것이었다.

"그 무엇도 천마(天魔)의 걸음을 멈출 수는 없으니."

소환수들이 사라지자 모습을 드러낸 신운이 조용히 뇌까린 후.

쐐애애액!

콰가가가가!

메테오와 혈교주를 향해 최후의 일권을 날렸다.

무림세가
전생랭커

"커, 끄으어거!"

전력으로 펼친 천마신권(天魔神拳)이 공간의 모든 것을 무(無)로 되돌리고 있었다.

# 7장

 쾅가가가!

 대성을 넘어 새롭게 창조하는 경지에 오른 신운의 천마신권은 가로막는 모든 것을 부숴 버리고 있었다.

 가볍게 뻗은 일권마다 태풍이 일고 있었다.

 그리고 그 태풍의 권역에 닿은 모든 것들은 흔적도 남기지 못하고 사라졌다.

 크어어어!

 혈교주가 소환한 모든 소환수들이 고통에 몸부림치며 죽음을 맞이했다.

 까드드드!

 모든 힘을 불어넣은 메테오마저 어떠한 타격도 주지 못하고 그저 사라지고 있었다.

'이 무슨 말도 안 되는 위력—!'

혈교주는 상대의 힘에 어이가 없었다.

깨달음의 영역을 넘어 누구도 들지 못했던 새로운 경지에 오른 신운은 일 초, 일 초의 위력이 한계를 돌파하여 있었다.

'분명히 나와 똑같이 힘이 봉인되어 완벽한 힘을 복구하지 못한 상태일진대.'

게다가 세계를 넘어오며 분명히 봉인되어 있을 텐데도 이런 위력이라니.

벌써 이런 상식을 벗어난 힘을 지니고 있는데 온전한 균열석을 얻는다면.

오싹.

갑자기 온몸에 소름이 돋았다.

곧이어 몰려올 비참한 최후를 직감한 까닭이었다.

혈교주의 눈이 바쁘게 움직였다.

퍼퍼펑!

콰가가!

그런 와중에도 신운은 멈추지 않고 자신의 앞을 가로막는 모든 적을 몰살시키며, 혈교주에게 한 발짝씩 다가서고 있었다.

'이 몸은 완벽한 반격을 하기에는 모자라다. 그렇다면…….'

"그래! 오거라! 내 최후의 힘으로 상대해 주마!"

스아아아!

좌아아!

무언가를 결심한 혈교주가 겉으로 공격 마법을 준비하며, 동시에 신운에게 들키지 않게 은밀히 다른 스킬 또한 시전하기 시작했다.

'뭔 수작을 부리고 있는 것 같긴 한데.'

하지만 신운은 마력의 변화를 보며 상대가 무슨 짓을 벌이고 있다는 것을 바로 눈치챘다.

스아아!

콰가가!

신운의 몸에서 기운이 미쳐 날뛰기 시작했다.

눈에서 진득한 살기 또한 번들거리고 있었다.

'그냥 최대한 빨리 죽여 버리는 게 낫겠어.'

신운이 상승시킨 기운을 발바닥의 용천혈로 보냈다.

콰르르! 콰릉!

허공을 밟고 한 걸음을 내딛을 때마다 천 개의 천둥이 동시에 내리꽂히는 듯한 굉음이 쏟아졌다.


천마군림보.

신운류.

압제(壓制).

콰가가가!

그의 발걸음 뒤에 남은 것은 아무것도 없었다.

수천 배의 중력이 적들을 짓뭉개 버리며 모든 것을 무너뜨렸으니까.

타닷!

그렇게 단 다섯 걸음 만에, 신운은 혈교주의 앞에 섰다.

"흐업!"

아직 공격 스킬을 완성도 하기 전이었다.

모든 수비 병력을 뚫고 눈앞에 적이 등장하자 혈교주가 당혹감을 숨기지 못하고 뒤로 재빨리 거리를 벌리려 했지만.

쐐애액!

콰득!

"어딜."

"크악!"

내빼려는 동작보다 신운의 손이 훨씬 빨랐다.

붙잡힌 혈교주의 어깨뼈를 그대로 부숴 버린 채로 자신의 앞에 끌고 온 신운은.

"끄그, 그그극!"

"남의 몸을 맘대로 빌려 썼으면 값을 치러야지."

그대로 한 손으로 양 볼을 붙잡았다.

콰득! 콰직!

강대한 힘에 버티지 못하고 턱뼈 또한 그대로 부서졌다.

하관이 박살이나 추처럼 힘없이 덜렁거렸다.

"끄르! 끄극!"

"뭐라고? 더 아프게 해 달라고?"

극한의 고통에 혈교주가 욕설을 내뱉었지만, 턱뼈가 박살이 나 웅얼거리는 소리밖에는 나지 않았다.

스으으!

좌아아!

"끄, 그그그!"

혈교주가 온몸을 비틀며 고통에 몸부림 치고 있었다.

신운이 혈교주의 모든 기운을 빨아들이기 시작했기 때문이었다.

상상을 초월한 고통에 혈교주의 동공이 위로 올라가 흰자위만 보였다.

입에선 게거품이 쏟아지고 있었다.

신운이 조금의 자비도 없이 극한으로 흡기하고 있었기 때문이었다.

"지옥의 주인장도 널 많이 보고 싶어 하더라고. 절반의 영혼도 금세 보내 주마. 먼저 가서 고통받고 있어라."

비릿한 미소를 지으며 신운이 작별 인사를 건넸다.

그러는 사이, 혈교주의 육신은 목내이(木乃伊 : 미라)처럼 변해 있었다.

툭. 파아아…….

신운이 손을 놓자 혈교주의 육신이 가루가 되어 허공에 흩날렸다.

"끝났나."

신운이 기감을 퍼뜨려 주변을 한번 훑어보았다.

산산조각이 난 층에는 살아 숨 쉬는 것은 아무것도 없었다.

처척.

느껴지는 모든 기운도 없는 것을 확인하고 나서야, 신운은 지면으로 내려왔다.

"이제 가 볼까."

이제 탑의 마지막 층에서 균열석을 얻을 순간이었다.

이어 신운이 가볍게 손칼로 허공을 갈랐다.

서거걱!

우우웅!

그러자 절삭음과 함께 숨겨져 있던 마지막 문이 나타났다.

평범한 이는 감지할 수조차 없는 틈새였다.

신운이 망설임 없이 층의 틈새로 몸을 들이밀었다.

스아아!

신운을 삼킨 틈새가 다시금 입을 닫으려는 찰나.

스으으!

분명히 아무것도 없었던 공간에 정체를 알 수 없는 무언가가 꿈틀거리며 나타났다.

휘익!

그러고는 신운의 뒤를 쫓아 틈새로 몸을 날렸다.

❧

'여기는……'

탑의 마지막 층에 도착한 신운의 표정이 딱딱하게 굳었다.

아픈 기억이 있는 장소와 완전히 똑같았기 때문이었다.

화려한 궁전 속, 대전의 내부에는 웅장한 비석이 우뚝 서 있었다.

유일랑이 죽음을 맞이했던 곤륜도의 의문의 궁과 완전히 똑같은 모습이었다.

파스스스!

파즈즈!

"……!"

그때, 외부인의 기운을 감지한 비석에서 엄청난 기운의 파동이 퍼져 나갔다.

평범한 이라면 파동에 맞는 순간 존재 자체가 사라졌으리라.

'천천히 흐름을 맞춰야겠군.'

그러나 신운은 본능처럼 기운의 본질을 바꾸며, 파동에 타격을 받지 않게끔 조절했다.

    수많은 기운을 받아들이고 조화해 온 그는 이 정도는 숨 쉬듯 쉽게 할 수 있었다.

    우우웅!

    우웅!

    그러자 공명음과 함께 비석의 진동이 천천히 가라앉았다.

    신운은 가볍게 몸을 털고 안쪽으로 가까이 다가갔다.

    '찾았군. 그런데…….'

    비석의 중앙에는 역시나 균열석이 박혀 있었다.

    하지만 신운은 바로 균열석을 건드리지 않았다.

    스아아!

    청명한 기운을 주변에 퍼뜨리고 있는 균열석이.

    '뭔가 달라.'

    자신이 보았던 두 개의 물건과 완전히 달랐기 때문이었다.

    쿵! 쿠쿵!

    가까이 다가갈수록 느껴지는 태동(胎動)은 그에게 한 가지 사실을 알려 주었다.

    눈앞의 균열석은 이전의 완성되어 있던 모습이 아닌, 새롭게 탄생하고 있는 과정에 있다는 것을 말이다.

    스윽.

    코앞까지 도착한 신운이 조심스레 비석에 손을 댄 순간.

    "……!"

    파아앗!

파아!

비석에서 뿜어지던 기운이 신운의 몸속으로 파고들었다.

그와 동시에.

신운의 머릿속으로 알 수 없는 기억이 펼쳐졌다.

파괴되어 있던 궁의 내부가 이전의 모습으로 회복되기 시작했다.

비석에 온전한 균열석이 자리하고 있는 가운데.

균열석을 수호하는 파수꾼이 모습을 드러냈다.

찬란한 갑옷을 입고 황홀한 서광을 흩뿌리는 검을 손에 쥔 기사는 신의 전언을 수하들에게 전하고 있었다.


 ─신탁이 내려왔다.

 ─이계(異界)에서 온 존재로 인해, 우리의 세계는 멸망한다.


과거, 현재, 미래를 전부 다스리는 존재는 타 차원을 집어삼킨 혼돈의 존재를 예언했다.

투명한 거울에 비친 존재는 다름 아닌 자신의 세계를 멸망시킨 엘더 드래곤, 즉 혈교주였다.


 ─필패의 운명을 지닌 이 싸움을 이기는 방법은 단 하나뿐이다.

 ─유일의 가능성을 지닌 한 필멸자를 믿는 것.

거울이 호수처럼 물결치며 새로운 존재의 모습이 떠올랐다.

과거, 그리핀의 명령을 받고 모든 전장에서 싸우던 강태하였다.

기사는 천천히 몸을 돌려 비석에 다가갔다.

그리고 모두의 만류에도 균열석을 뜯어 내었다.

콰가가가!

균열석이 사라진 비석이 폭주하기 시작했다.

균형이 무너진 세계로 수없이 많은 타계의 존재들이 침범하기 시작했다.

기사가 균열석을 거울 속으로 던졌다.

균열석은 차원의 통로를 뚫고 강태하가 싸우던 몬스터의 몸속으로 파고들었다.

마지막 전투를 준비하며, 기사가 제 투구를 벗어던졌다.


　－미안하구나, 내 마지막 인연(因緣)의 끝이여.

　－나의 사랑하는 아들아.


"……!"

신운은 놀랄 수밖에 없었다.

투구 속의 얼굴이 다름 아닌 자신과 너무나 닮았기 때문이었다.

그는 직감적으로 상대가 지금껏 한 번도 보지 못한 자신의 아버지임을 깨달았다.

셀 수도 없는 타계의 존재들과의 싸움을 마지막으로.

스아아아!

파앗!

신운의 눈앞에서 펼쳐지던 광경이 사그라들었다.

어느새, 치열한 전투의 흔적만이 남은 궁전의 모습이 되어 있었다.

항상 의문은 있었다. 다른 세계에서는 가장 깊숙한 곳, 금지(禁地)에 존재하는 균열석을, 왜 자신은 몬스터의 사체에서 찾았는지를.

그 모든 비밀을 알아냈지만, 후련함보다는 씁쓸함이 남았다.

처음으로 만나는 아버지의 모습이 죽음을 앞에 둔 모습이라니.

'……후, 감상에 젖어 있을 시간 없어.'

하지만 이내 정신을 차린 신운은 비석에서 손을 뗐다.

파아앗!

화아아!

그 순간, 신운의 기운과 연결되었던 균열석이 새로운 광채를 뿜어냈다.

성장을 완성하며 완전한 균열석이 된 것이었다.

균열석을 꺼내는 순간, 똑같이 타계의 존재들이 침범하리라.

그들의 존재를 완벽히 지워 버린 후, 균열석의 힘으로 유일랑을 소생시켜 함께 혈교주를 소멸시키러 가면 끝이었다.

그렇게 신운이 균열석으로 손을 뻗은 순간.

스아아!

파아앗!

"……!"

갑자기 허공에 칠흑의 균열이 발생했다.

그리고 그 속에서 튀어나온 흑의 영령(英靈)이 똑같이 균열석을 향해 손을 뻗었다.

─놈, 방심했구나!

죽음을 맞이할 것을 예측하고, 혼(魂)을 따로 빼내는 마법을 실행한 혈교주였다.

'빼앗겨서는 안 돼!'

─내놔라!

신운이 기운을 더욱 끌어 올렸지만, 혈교주 또한 모든 힘을 사용했다.

신운의 기운으로 완성되어 순수한 광채를 뿜어내던 균열석이 혈교주의 손길이 닿은 순간 검게 물들며 타락하기 시작했다.

파스스스!

파즈즈!

강대한 기운의 파장이 궁 전체를 뒤흔들고 있었다.

균열석이 미친 듯이 공명하기 시작했다.

콰르르르!

콰가가!

결국 거대한 폭음과 함께 균열석이 반으로 쪼개졌다.

절반은 신운의 손에, 절반은 혈교주의 손에 들어갔다.

스아아아!

스르릉!

신운이 바로 혈교주의 혼을 베어 버리기 위해 회월을 꺼내 들었다.

한 손에 쥔 균열석을 통해 들어오는 막대한 기운은 봉인되었던 그의 본연의 힘을 빠르게 회복시키고 있었다.

"죽여 주마."

─목적은 이루었다.

하지만 힘을 되찾고 있는 것은 혈교주의 혼 또한 마찬가지였다.

동시에 혈교주의 혼은 그대로 도망치기 위해 균열을 다시금 소환했다.


뇌운십이검 신운류.

최종오의.

회천뇌경(灰天雷境).

신운이 회월을 가로로 긋자 주변의 모든 것이 허무로 되돌아갔다.

콰르르르!

콰가가!

모든 공간이 짓이겨지며 회색빛 뇌전이 온 세상을 파괴했다.

회색빛 뇌전이 혈교주가 펼친 균열 속으로 파고들었다.

크아아악!

적중당한 적에게 고통에 찬 신음이 들려오고 있었지만.

우우웅! 파아앗!

간발의 차로 차원의 틈새가 입을 다물었다.

신운이 절반의 성공을 거둔 그 순간.

그아아아!

크어어!

탑이 흔적도 없이 무너지고 잿빛으로 물든 하늘에 수많은 타계의 존재들이 모습을 드러내기 시작했다.

차원의 틈으로 넘어간 혈교주의 혼은 힘겹게 가져온 균열석을 또 다른 자신에게 건넸다.

"드디어, 드디어! 크하하하!"

균열석을 손에 쥔 본신의 혈교주가 여조규의 몸으로 광소를 터뜨렸다.

스아아아!

콰아아!

균열석에서 기운을 흡수하기 시작한 혈교주의 전신에서 이전과는 비교할 수 없는 거대한 기운이 타오르기 시작했다.

"이제 이 세상 또한 한 줌의 재가 되리라."

타계의 악룡은 다시금 세상의 멸망을 선언했다.

서울, 그리핀의 본부 앞.

대혈전이 벌어지고 있었다.

"뭣들 하고 있나! 시민이 사정거리에 걸리건 말건 모두 쏴 버리라니까!"

"너희보다 랭크가 현저히 낮은 놈들이다! 전부 죽여 버려!"

-그어어어!

그리핀의 정예 부대 그리고 몬스터와 인간의 융합물이 침입자들을 향해 무자비한 공세를 펼치고 있었다.

사방에 그들을 담는 카메라들이 있었지만, 이제 외부의 시선 따위는 신경도 쓰지 않은 채, 죄 없는 시민들이 공격을 받든 말든 모든 스킬을 난사하고 있었다.

　　"물러서면 안 됩니다! 저희의 뒤에는 시민이 있어요!"

　　그런 상황에서 그리핀 길드에 맞서 경기도 길드 연합을 이끌고 올라온 화이트웨일의 길드장 차리세가 헌터들에게 사기를 복돋고 있었다.

　　"어딜 B급 헌터 따위가!"

　　"네놈들 수준으로 우리를 막을 수 있을 것 같으냐!"

　　"크억!"

　　"끄, 끄극!"

　　하지만 전력 차가 현저히 나고 있었다.

　　당연하게도 그리핀의 헌터들의 실력이 너무나 뛰어났다.

　　그들은 조금의 자비도 없이 잔혹한 스킬들을 쏟아부었고, 그에 화이트웨일 길드원들과 연합의 헌터들은 모두 신음을 흘리며 죽어 갔다.

　　"이 쥐새끼 같은 놈!"

　　"사, 살려 줘!"

　　위험에 처한 길드원을 본 차리세가 진각을 박찼다.

　　"글래셜 피스트!"

　　콰앙-!

　　콰가가!

"커억!"

차리세의 권격에 그리핀의 헌터가 무기를 손에서 놓치며 날아가 빌딩에 파묻혔다.

"이년이, 죽……!"

피투성이가 된 헌터가 바로 일어나 반격을 시도하려 했지만, 휘청거리며 쓰러졌다.

불이 타오르듯 뜨거운 느낌에 그가 가슴을 내려다보았다.

"쿨럭! 끄륵!"

가슴에 커다란 바람구멍이 뚫려 있었다.

헌터의 눈이 발작하듯 흰 자만 남으며 풀썩 쓰러졌다.

이전과는 비교도 할 수 없는 힘이었다.

신운에 의해 훈련을 받으며 권왕이라 불렸던 아버지의 능력을 따라잡은 덕분이다.

"조금만 힘을 내세요! 곧 독황(毒皇)과 소년검제(少年劍帝)님이 다시금 합류할 겁니다!"

"모두 길드장님을 따르라!"

와아아아!

차리세의 말이 끝나자마자 헌터들의 함성이 터져 나왔다.

독황과 소년검제라는 단어는 이제 그들에게 유일한 희망이 되어 있었기 때문이었다.

'조금만 힘내 주세요…….'

그녀는 슬픈 눈으로 하늘을 올려다보았다.

콰르르르!

콰가가가!

어두운 먹구름이 하늘을 뒤덮고 있는 한가운데.

수백의 폭탄이 동시에 터지는 것과 같은 폭음이 울려 퍼졌다.

고등학생 정도로 보이는 어린 소년이 검을 휘두르고 있었다.

현재 사람들에게 소년검제라 불리고 있는 유일랑이 멸천을 휘두르고 있는 것이었다.

그리고 그런 그를.

"이 빌어먹을 꼬맹이가!"

남은 두 명의 7성좌인 창마성(槍魔星) 여탁(呂晫)과.

"뭔가가 더 옵니다! 대비하세요, 창마성!"

영령성(英靈星) 파울로가 상대하고 있었다.

창마성 여탁이 자신의 무장인 방천화극을 높이 들어 올렸다.

우우웅!

우우!

구슬픈 울음소리처럼 들리는 공명음이 방천화극의 날 끝에서 울려 퍼졌다.

그와 동시에 창끝에 창 하나가 더 붙은 듯 선명한 오러가 치솟았다.

스아아!

영령성 파울로 또한 가만히 있지 않았다.

"이프리트! 적을 멸할 진염(眞炎)을!"

정령술의 대가인 파울로가 불의 정령왕, 이프리트의 힘을 빌려 왔다.

화르르르!

화르르!

그의 양손에서 주황빛으로 빛나는 거대한 불꽃이 타올랐다.

두 칠성좌들의 스킬은 상대뿐만 아니라 지상에 있는 이들을 모두 저승으로 보낼 만한 강대한 위력을 담고 있었다.

하지만 그들을 상대하는 일랑의 눈에는 조금의 두려움도 없었다.

'우습군.'

신운과 끊임없이 싸우며 얻은 그의 힘은 저 정도의 공격 따위는 어린 아이의 재롱 정도로밖에는 보이지 않게 만들어 주었다.

일랑이 멸천을 천천히 들어 올려 자신의 눈앞에 세웠다.

"뇌운십이검. 천극뢰(千戟雷)."

그러곤 자신만의 깨달음으로 재창조한 뇌운십이검을 펼치기 시작했다.

푸른 뇌기로 휩싸인 멸천이 허공을 휘젓고 있었다.

강대한 충격파가 하늘을 떨쳐 울렸다.

'저게 무슨?'

'저따위 애송이가 말도 안 되는 힘을……!'

자신들의 예상을 초월한 상대의 힘에 당황한 두 칠성좌가 서로를 바라보았다.

"죽엇-!"

"재로 돌아가라!"

모든 힘을 쏟아 내야 이길 수 있다는 것을 직감한 둘이 조금의 여력도 남기지 않고 모든 기운을 쏟아 냈다.

콰르르르!

콰가가가!

창마성이 방천화극을 내리긋자, 날에서 벗어난 오러 블레이드가 거대한 초승달처럼 일랑에게 날아들기 시작했다.

화르르르!

콰가가!

그에 이어 파울로의 이프리트의 진염 또한 수천 개의 화염 방사기가 쏟아 내는 것처럼, 불꽃의 태풍이 되어 천극뢰를 향해 돌진했다.

"……!"

"저건……!"

먹구름으로 뒤덮였던 하늘이 스킬들의 서광으로 환하게 뒤바뀌자, 지상의 헌터들이 싸움도 잠시 멈추고 위를 올려다보았다.

파앗!

콰르르!

그런 가운데, 또 한 번 뇌성벽력이 울려 퍼졌다.

일랑이 한 줄기의 빛이 되어 앞으로 전광석화처럼 날아들고 있던 것.

그의 앞을 초승달의 오러 블레이드와 진염이 가로막았지만.

서거걱!

파스스스!

푸른 뇌기의 천극뢰가 수천 개의 벚꽃처럼 흩날렸다.

일랑이 찰나의 시간 동안 수십개의 검격을 쏟아 낸 것이었다.

모든 것이 먼지로 돌아갔다.

"이 무슨!"

"말도 안……!"

자신들의 비기가 단 한 방으로 무력화되자, 두 사람의 표정에 절망이 떠올랐다.

그리고 그런 그들의 눈앞에.

"죽어라."

일랑이 당도하여 있었다.

일랑의 무기, 멸천은 조금의 망설임도 없이 그들의 목숨을 수확했다.

서거걱!

참격을 행하는 동작조차 보이지 않았다.

피할 힘도 없었던 그들은 그대로 공격에 노출되어 목과 몸이 분리되었다.

촤아아아!

주인을 잃은 몸뚱이에서 핏줄기가 솟구쳤다.

와아아아아!

와아아!

소년검제의 승리를 확인한 사람들의 환호성이 지상에서 울려 퍼지고 있었지만.

막상 승리를 거둔 일랑의 표정은 어둡기 그지 없었다.

'……지하의 무언가가 곧 온다.'

그리핀의 본사 아래에서 태동하는 강대한 어둠의 힘을 느낀 것이었다.

지금까지 상대한 모든 적의 힘을 다 합친…… 아니, 재앙급 몬스터의 수십 배에 달할 것 같은, 아군의 패배를 확정지을 존재가 천천히 지상으로 걸어 올라오고 있었다.

등줄기로 식은땀이 흘러내렸다.

'아저씨가 사라진 것도 분명히 저것과 연관이 있을 거야.'

지상에 사람들은 아직 눈치채지 못했지만, 함께 싸우던 독황, 유신운은 전투 도중에 갑자기 사라졌다.

탑에 갇히며 전국에 뿌려 놓은 도플갱어들이 사라진 것이었지만, 일랑이 그 사실을 알 수는 없었다.

하지만 한 가지는 알고 있었다.

"올 때까지…… 버텨 보는 수밖에."

분명히 돌아올 것이며, 그동안 적을 상대로 버티는 것이 자신의 역할이라는 것을.

"흐음, 공기가 좋군."

한 사내가 천천히 그리핀의 건물 앞으로 걸어 나왔다.

"네놈은 누구냐!"

"투항해라! 항복하면 살려 주겠다!"

어떤 탈출로도 허락지 않고 그리핀의 본사를 에워싸고 있던 헌터들이 새파랗게 젊은 헌터를 향해 투항을 권고했다.

"투항? 항복? 하하하, 벌레들이 벌써부터 나를 즐겁게 하는군."

헌터의 말을 들은 상대는 광소를 터뜨렸다.

"투항하지 않겠다면, 공격할 수 밖……! 끄, 끄걱!"

사내가 그저 손을 들어 올린 것뿐인데, 말을 하던 헌터가 파랗게 질린 표정으로 자신의 목을 부여잡았다.

"죽어라."

발작하듯 고통스러워하던 헌터는 결국.

뿌득. 털썩.

소름끼치는 소리와 함께 목이 꺾여 그대로 절명했다.

채챙!

채채챙!

헌터들이 모두 각자의 무기를 꺼내 들었다.

파앗!

파바밧!

그때, 소란을 감지한 길드장들이 한곳에 모였다.

중년, 노년의 헌터들은 상대의 모습을 확인하고는 하나도 빠짐없이 경악을 금치 못하고 있었다.

"저자는 분명히?"

"아니, 어떻게……!"

자신들의 시대에 최강의 헌터로 군림했던 젊은 시절의 여조규가 눈앞에 등장한 것이다.

"역시 이 '그릇'이 평범한 존재는 아니었던 모양이군. 그럼 잠시 여흥을 즐겨 볼까."

파앗!

파밧!

여조규가 헌터들을 향해 달려들었다.

"모, 모두 물러나라!"

"저자는 우리가 감당할 수 없……!"

여조규의 강함을 알고 있는 길드장은 싸울 생각을 하는 것이 아닌 회피를 하려고 했다.

하지만 균열석의 힘을 받아들인 혈교주의 강함은 그들의 예상을 한없이 넘어서고 있었다.

혈교주가 단 한 번의 검격을 쏟아 냈을 뿐이거늘.

서거걱!

콰가가가가!

그의 앞을 가로막고 있던 길드장 들을 포함한 모든 헌터들이 모두 오러의 폭풍에 휩싸여 무로 돌아갔다.

눈앞에 존재하던 모든 생명이 덧없이 사라져 버렸다.

"크하하하! 그래, 바로 이 힘이다! 이 세계를 멸하고 다시금 나는 신이 되리라!"

그 끔찍한 광경 속에서 혈교주가 광기 어린 웃음을 터뜨렸다.

"으으, 으어어."

"사, 살려 줘."

제대로 된 전투도 아닌 검을 휘두른 것만으로 병력의 사분의 일이 사라지자 헌터들은 전의를 상실해 바닥에 주저앉았다.

"그래, 좋은 자세다. 그렇게 죽어 가거라."

스윽!

혈교주가 다시금 검을 들어 올렸다.

우우웅!

그아아아!

검 끝에 이전의 검격과 비교가 되지 않는 강대한 기운이 실렸다.

파아앗!

좌아아아!

그때, 시야의 사각에서 일랑이 달려들었다.

멸천에는 그가 운용 가능한 최대의 힘이 담겨 있었다.

'단 한 번의 빈틈!'

일랑은 이 공격에 모든 것 담아 기습했다.

다행히 방심한 적의 빈틈을 노려 그의 멸천이 검날이 상대의 목에 닿았다.

하지만…….

티팅!

"……!"

멸천은 상대의 목을 꿰뚫지 못했다.

생채기조차도 내지 못했다.

혈교주가 천천히 고개를 돌렸다.

그의 표정을 본 순간, 일랑은 깨달았다.

"날 죽일 수 있을 것 같았나?"

그가 보인 빈틈 까지도 모두 설계된 작전이었다는 것을.

좌아아!

일랑은 재빨리 뇌운십이검을 펼치려 했지만.

휘익!

"크윽!"

혈교주가 가볍게 손을 휘젓자 멸천은 그의 통제에서 벗어났다.

강대한 힘에 이끌려 멸천이 땅바닥을 나뒹굴었다.

덥석! 콰득!

그리고 무장이 해제된 일랑의 목을 혈교주가 붙잡았다.

일랑은 힘겹게 발버둥을 쳤지만, 손속에서 조금도 빠져나갈 수 없었다.

"클클, 오만하구나, 한낱 필멸자 따위가."

혈교주가 비릿하게 웃으며 말했다.

타락한 균열석의 힘을 모두 얻은 혈교주는 그 누구도 감히 상대할 수 없는 영역에 돌입해 있었다.

일랑의 내부를 살피던 혈교주의 눈에 이채가 떠올랐다.

"하지만 빈틈을 노린 건 칭찬하마. 보상으로 이 세계를 멸망시킨 후, 새로운 '그릇'으로 삼아 주지."

'……버티는 것조차 가능하지 않았어. 목숨까지 걸었어야 했…….'

혈교주의 목소리가 점점 들리지 않았다. 힘이 빠진 일랑은 그대로 혼절하고 말았다.

그 모습을 확인한 혈교주가 손가락을 튀겼다.

우우웅!

그러자 축 처진 일랑이 거대한 마력의 구에 감금되어 허공에 떠올랐다.

그 모습을 확인한 사람들이 탄식을 내뱉었다.

"아아."

"소년검제마저……!"

"시, 신운 님은 어디에……."

사람들이 모두 유신운을 찾으며 두려움에 떨었다.

"쯔쯔, 헛된 망상을 하고 있구나."

그 모습을 보던 혈교주가 혀를 차며 말했다.

"마지막 기대마저 무너뜨려 주지. 네놈들이 기다리는 녀석은 오지 못할 거다."

"서, 설마."

혈교주의 말을 듣는 사람들의 표정에 참혹한 절망이 내려앉기 시작했다.

"하하, 이 세계의 파수꾼도 처치하지 못한 타계의 망령들을 상대하고 있을 테니까! 온다 하더라도 모든 것이 멸망한 후일 것이……!"

한데 그때였다.

콰르르르!

콰가가가!

갑자기 굉음과 함께 먹구름으로 가득 찼던 하늘이 또다시

울부짖기 시작했다.

파즈즈!

파지지직!

그리고 동시에 하늘이 반쪽으로 갈라졌다.

'아니, 대체 어떻게……!'

차원의 틈이 발생하고 있는 것을 확인한 혈교주가 경악을 금치 못하고 있었다.

차원의 틈새에서.

콰아아아아!

촤아아!

타계의 존재들마저 모두 사령술로 수하로 뒤바꾼 유신운이, 최후의 전장으로 한걸음 내디뎠다.

와아아아!

자포자기를 하고 있던 시민들은 환호성을 내질렀다.

당연하게도 갑자기 나타난 신운을 보았기 때문이었다.

"독황님이 돌아오셨다!"

"우린 이제 살았어!"

여조규를 보며 죽음의 공포를 느끼고 있었던 그들은 신운을 보며 안도감을 느끼며 말했다.

일랑과 함께 전국 곳곳에서 전투를 승리로 이끈 신운은 어느새 이곳에서도 희망의 아이콘이 되어 있었다.

그러나 이미 전투를 이겼다는 듯이 행복해하는 시민들과

달리…….

'말도 안 돼. 어떻게 이렇게 빨리 탈출을……?'

혈교주는 잠긴 차원을 너무나 손쉽게 탈출한 신운을 보며 당혹감을 숨기지 못하고 있었다.

자신의 분신이 신운을 가두어 놓고 반쪽의 균열석을 가지고 탈출한 지 겨우 삼십 분 정도의 시간이 흘렀을 뿐이었다.

그동안 아무리 반쪽의 균열석으로 힘을 되찾았다 해도, 그 짧은 시간 동안 타계의 존재들을 모두 해치웠다고?

반대로 자신이 갇혔다면 절대 불가능한 일이었다.

타계의 존재들은 다른 세계 또한 파멸로 만들려는 원초적 본능만을 가진 괴물들이었다.

그런 것들을 해치우고 또 수족으로 다룰 수 있다는 것은 절대로 불가능한 일이었다.

'분명히 무언가 숨겨 놓은 일회성의 힘이 있었던 거겠지.'

그렇게 믿고 싶지 않은 사실을 직면한 혈교주는 어떻게든 자기합리화를 시전했다.

그어어어!

그아아아!

"크악!"

"쿨럭!"

그때, 신운의 명을 기다리던 언데드로 거듭난 타계의 존재들이 거센 포효를 내질렀다.

파괴적인 기운을 담고 있는 포효에 그리핀의 헌터들과 융합 몬스터들이 자신의 귀를 부여잡은 채 고통스러워했다.

타계의 존재들이 쏟아 내는 비명에는, 본질적인 기운을 뒤흔드는 어두운 힘이 담겨 있었다.

'……저 괴물들을 어떻게 굴복시켰단 말인가.'

그들을 바라보는 혈교주의 눈에 의문만이 남아 있었다.

완성되지 않은 균열석을 강제로 뽑아내면 발생하는 차원의 틈새에 기생하는 괴물들.

파멸의 힘을 담고 있는 놈들을 처치할 수 있는 것은 오로지 신격(神格)을 갖춘 존재여야 하지 않던가.

그렇다는 말은…….

'설마.'

믿고 싶지 않다는 눈빛으로 혈교주가 지그시 유신운을 바라보았다.

하늘에 버티고 선 신운은 그 모습을 보며 우습다는 듯, 비릿하게 웃어 보였다.

"궁금해 죽겠다는 표정이군."

"……!"

"하지만 네가 알게 될 건 너의 예정된 죽음밖에 없을 거야."

말을 마친 신운이 오른손에 쥐고 있던 회월을 천천히 들어 올렸다.

그저 일상적인 가벼운 동작뿐이었지만.

파앗.

'크윽!'

회월에 담긴 죽이겠다는 엄청난 의념에, 혈교주는 자신도 모르게 공포에 휩싸이며 뒤로 물러날 수밖에 없었다.

그 모습을 확인한 신운이 천천히 회월을 내리그었다.

좌아아아!

스으으!

그러자 회월이 맞닿은 허공이 갈라지며 일랑이 붙잡혀 있던 마력의 구가 틈에서 나타났다.

의념으로 공격한 것은 구출을 위한 허초였던 것이다.

좌아아!

파스스!

회월이 마력의 구를 베어 내자 축 늘어진 일랑이 신운에게 쓰러졌다.

스아아!

그에 곧바로 신운이 자신의 기운을 불어넣자 일랑의 안색이 정상의 것으로 돌아갔다.

"이제 괜찮을 거다."

파앗!

그러고는 다시금 차원을 갈라 일랑을 안전한 곳으로 이동시킨 신운은 시선을 혈교주에게로 향했다.

잔뜩 굳어있는 혈교주를 보며 신운이 차갑게 말했다.

"쫄기는. 벌써 그렇게 덜덜 떨면 이제부터 어떻게 버티려고."

"이 벌레 놈이!"

자신이 농락당한 것을 알아차린 혈교주가 분노를 터뜨렸다.

그러고는 진각을 박차며 곧장 신운에게로 전광석화처럼 쇄도했다.

크아아아!

그와 동시에 하늘에 있던 사령수들이 포효와 함께 지상으로 쏟아졌고.

그르르!

그에 맞서 잠시 물러서 있던 융합 몬스터들 또한 자신들을 향해 돌격하는 괴물들을 향해 공격을 준비했다.

"독황님의 서번트들과 함께 싸우자!"

"적들을 물리치고 시민들을 지켜라!"

바야흐로 마지막 전쟁이 시작된 것이었다.

파스스스!

'죽여 버리겠다!'

한편, 돌진하는 혈교주의 손에 들린 검에서 극의에 오른 오러 블레이드가 절단의 의념이 담긴 채 타오르고 있었다.

블레이드 마스터.

최종 오의.

회천검(回天劍) 소쌍(昭雙).


인류의 한계의 벗어난 여조규의 최전성기로 만든 극의가 혈교주의 손에서 다시금 새롭게 탄생되어 실현되었다.

반쪽 균열석에서 얻은 혈교주의 마력과 합쳐져 극강의 위력이 뿜어지고 있었다.

하지만 자신을 송두리째 먼지로 만들 검격이 날아들고 있음에도.

"하."

신운은 못마땅한 표정으로 한숨을 내쉴 따름이었다.

그러고는 그저 회월을 천천히 들어 올리며 자신의 검을 펼쳐 보일 뿐이었다.


무의(武意).

평검일로(平劍一路).


이제 모든 무(武)의 도(道)를 깨달은 신운에게는 무공이 이라는 형식이 사라져 있었다.

천마신공도, 뇌운십이검도, 그 어떤 무공도 존재하지 않았다.

"……!"

그저 가로로 벤 신운의 검이 적의 오러블레이드를 모조리 분쇄시켜 나갔다.

검과 검이 닿은 순간, 폭풍과도 같았던 여조규의 검은 분쇄기에 들어간 것처럼 모조리 파괴되기 시작했고.

고요하기 짝이 없었던 신운의 검은 그 어떤 막힘없이 적의 검격을 뚫어 낸 뒤.

서걱!

파스스!

"크아아악!"

여조규의 손목을 그대로 잘라 내어 버렸다.

단면이 그대로 보이는 여조규의 손목에서 피가 뿜어져 나왔다.

이제 이처럼 평범하게 검을 가로로 긋는 동작 하나가 세상 어떤 절세신공보다도 강력한 무공이 되어 펼쳐진 것이다.

그런데 어쩌란 말인가.

파앗!

"이 개……!"

퍼억!

고통에 신음하던 말을 잇지 못했다.

평범하게 걷는 것처럼 발을 뻗은 신운이, 둘 사이의 공간을 접고 코앞에 당도하여 기운을 두른 주먹으로 냅다 안면을 강타했기 때문이었다.

콰아아앙!

거대한 폭음과 함께 혈교주의 몸이 허공에서 지상으로 운석처럼 내리꽂혔다.

"어딜 같잖게 늙은이 몸 하나 주워 먹고 검사인 양 구는 거지?"

달려든 적을 한 방에 무력화시킨 신운이 적을 한심하게 바라보며 뇌까렸다.

육신과 영혼은 떼려야 뗄 수 없는 관계.

혈교주는 자신도 모르게 여조규의 육신에 담긴 소망에 이끌려 신운을 상대하는 데 자연스레 검을 사용한 듯 보였다.

여조규의 육신을 탈취하고 전성기 때로 반로환동을 했으니 당연하다면 당연할 수 있는 공격.

하지만 그건 최악의 선택이었다.

그러나 이미 신운은 검(劍)과 무(武)로 하늘에 우뚝 선 이였다.

그 누구도 감히 신운에게 검으로 대적할 수 있는 자는 없었다.

"자, 그럼."

단 한 방에 적을 잠시 무력화시킨 신운은 주변을 훑어보았다.

세계가 멸망한 것에 대한 분노밖에는 남지 않은 타계의 존재들과 융합 몬스터들이 싸움을 벌이고 있었다.

따닥!

파앗!

신운이 손가락을 튀기자 사령수들이 일제히 공격을 멈췄다.

그에 융합 몬스터들은 놀라 움찔했지만, 이내 자신들의 공격을 막지 않는다는 것을 알고 더욱 흉포하게 달려들었다.

팅!

티팅!

하지만 그들의 공격은 조금의 대미지도 주고 있지 못하고, 죄다 튕겨 나가고 있었다.

따닥!

다시 한 번, 신운이 손가락을 튀기자.

촤악!

그에에에!

모든 사령수들이 양손을 뻗어 자신을 공격하던 융합 몬스터들을 끌어안으며 움직임을 봉쇄했다.

그 모습을 확인한 헌터들이 깜짝 놀라 뒤로 물러났다.

"무슨?"

"자, 자폭이라도 하려는 건가? 모두 물러나!"

독황 유신운이 자신들을 위해 서번트들을 모두 희생시키려 한다고 생각한 것이다.

하지만 신운의 행동은 그들의 예상과 달랐다.

하늘 높이 날아오른 채, 신운이 자신의 기운을 모두 발산했다.

촤아아!

파아앗!

원형의 기운은 파도처럼 빠르게 퍼져 나가다가 전장 전체를 둘러쌀 정도로 거대해지자 그 모습을 완성했다.

'됐다.'

자신의 목표물이 모두 자신의 힘의 권역에 들어왔음을 깨달은 신운이 천천히 입을 열었다.

"세계의 모든 생(生)과 사(死)는 내 손 안에 있으니……."

화아아아!

촤아아!

그와 동시에 사령수들에게 결박되어 있던 융합 몬스터들이 환한 빛줄기에 휩싸였다.

"저, 저건!"

"독황님, 설마……!"

시민들과 헌터들이 눈이 지진이라도 난 듯이 흔들리고 있었다.

무슨 이유에선가 눈물까지 흘리는 이가 있을 정도였다.

촤아아!

수천 개의 반딧불이에 둘러싸인 것 같은 융합 몬스터들의 몸이 천천히 변화하기 시작하였다.

평범한 인간의 몸으로 말이다.

균열석을 통해 이전의 힘을 모두 되찾은 신운은 세상의 모든 기운을 다스릴 수 있었다.

그에 융합 몬스터들의 기운을 모두 해체하여 평범한 인간의 모습을 되돌리고 있었던 것이다.

"돌아왔어! 흐흑, 흐흐흑!"

"됐어! 내가 다시 인간이 됐어!"

자신의 몸을 되찾고 정신을 차린 사람들이 감격의 눈물을 흘리고 있었다.

"돌아온 이들을 모두 시민의 곁으로 이동시켜라."

신운의 명을 들은 사령수들이 빠르게 움직이며 사람들을 안전지대로 이동시켰다.

콰르르!

콰가가!

그때, 혈교주가 처박혔던 빌딩의 무덤에서 거대한 형체가 모습을 드러냈다.

-크아아아! 인정할 수 없어!

혈교주는 어느새 드래곤의 형상으로 변화하여 있었다.

'모습이 다르군.'

하지만 이전에 보았던 엘더 드래곤의 형상과도 달라져 있었다.

외형은 더욱 커져 있고, 마력의 크기를 상징하는 날개도 더욱 늘어나 있었다.

그리고 세로줄의 동공의 두 눈은 마기와 광기로 물들어 있었다.

반쪽 균열석의 힘을 통해 반신(半神)의 영역에 오른 드래곤의 마지막 단계라 불리는 '아크 드래곤(Arc Dragon)'으로 화한 혈교주였다.

ㅡ네놈이, 나도 아직 얻지 못한 신격(神格)을 얻었다고? 절대! 절대 인정할 수 없어어!

이전의 힘보다도 배는 더 강력해져 있었다.

아크 드래곤이 다시금 신운에게 날아들었다.

빌딩보다도 더 거대한 체구라고는 생각되지 않는 속도였다.

우우우웅!

콰가가가!

우주를 연상케 하는 칠흑의 보이드 브레스(Void Breath)가 신운을 향해 뿜어졌다.

'아아.'

'난 끝이군…….'

브레스의 권역에 해당하는 모든 헌터들이 자신들의 죽음을 떠올린 그때.

"균열석의 힘으로 얻은 게 고작 그게 다냐, 설마?"

신운은 진심으로 어이가 없어 허탈해하고 있었다.

촤아!

브레스가 날아드는 가운데, 찰나 만에 모두의 앞으로 이동한 신운이 회월을 머리 위로 높이 들어 올렸다.

무의(武意).

극검일로(極劍一路).

그리고 이전의 평범한 검격이 아닌 진심을 담아 검을 내리그었다.

무음(無音).

검을 휘두르는 동안 어떠한 소음도 발생하지 않았다.

회월이 만들어 낸 작디작은 회색빛 초승달이.

콰르르르르!

콰가가가!

적에게 다가가는 동안, 크기가 급속도로 거대해졌다.

스아아아!

그리고 보이드 브레스를 아예 존재하지 않은 것처럼 소멸시키고 있었다.

믿을 수 없는 광경을 목격한 아크 드래곤이 최후의 스킬을 사용하려 했지만.

"······!"

서걱!

콰르르!

브레스를 소멸시키고 그의 몸통에 직격한 초승달은 그의 마력의 방어막을 뚫고 내장을 난자한 후 사라졌다.

쿠우웅!

'아……프……다.'

사(死), 그 자체의 힘이 담긴 신운의 기운은 모든 생각을 사라지게 만들었다.

복수, 분노…… 그가 품었던 모든 부정적인 감정은 사라지고, 그저 상상을 초월한 고통에 대한 공포만이 남았다.

끔찍한 고통에 아크 드래곤이 죽음을 받아들이려 했지만.

"어딜 벌써 죽으려고."

신운은 그 행동을 허락하지 않았다.

"네 무덤은 여기가 아니야."

서거걱!

알 수 없는 한마디와 함께 신운이 회월로 다시금 공간을 갈라 버렸다.

콰앙!

그리고 열린 차원의 틈으로 아크 드래곤의 육신을 발로 차 넣었다.

'여……긴?'

아크 드래곤의 안개가 낀 듯 흐릿한 시선 속에 균열석이 존재하던 파괴된 궁(宮)의 모습이 비치고 있었다.

균열석을 얻은 궁 내부라는 것을 알아차린 순간, 아크 드래곤의 머리는 빠르게 돌아갔다.

'이곳에는 기운이 많다! 흡수해야 해!'

좌아아!

파아앗!

남은 힘을 모두 끌어 올린 아크 드래곤이 날갯짓과 함께 순식간에 하늘 높이 날아올랐다.

스아아!

멸망해 버린 세계의 풍경 속에서 그가 소진했던 기운이 빠르게 차올랐다.

신운에게 받았던 상처가 빠르게 회복되고 있었다.

완벽히 몸 상태를 회복한 아크 드래곤이 살기와 분노가 가득한 눈으로 신운을 향했다.

하나 아크 드래곤과 대조적으로 신운은 그저 지상에 가만히 팔짱을 낀 채, 가만히 상황을 지켜보고 있었다.

'알 수 없는 짓거리로 내 방심을 노린 주제에!'

신운은 그런 짓 따위는 한 적이 없건만.

여유가 넘치는 그 모습을 보며 아크 드래곤은 홀로 진노했다.

"멍청한 놈! 네놈의 자만이 화를 불렀구나!"

아크 드래곤의 거체에서 칠흑처럼 어두운 기운이 휘몰아

치고 있었다.

그와 동시에 수백 개의 마법진이 허공에 모습을 드러냈다.

9서클을 넘어서 반신의 영역이라는 10서클 마법이 펼쳐지려는 순간이었다.

우우우웅!

콰가가가!

아크 드래곤의 의념에 따라 세계를 구성하는 법칙이 무너지고 진리가 다시 써지고 있었다.

아무것도 없었던 허공에 무색투명한 괴이한 기운의 무리가 발생했다.

도달한 자가 없기에 이름 붙여진 적이 없는 극대 소멸 마법이었다.

"죽어랏!"

콰르르르!

쐐애애액!

아크 드래곤의 포효와 함께 소멸 마법이 신운에게 날아들었다.

피할 수 있을 리가 없었다.

세계의 법칙을 비튼 마법은 상대의 회피의 가능성을 이미 지워버린 상태였으니까.

결코 피할 수 없는 운명이 성립되었다.

이제 저 벌레만도 못한 쓰레기는 끝이었다.

하지만……

파스스스!

츠즈즈!

소멸 마법은 유신운의 코앞에 당도하자 제멋대로 흔적도 없이 사라져 버렸다.

"……끝이어야 하는데?"

상상도 못한 결말에 아크 드래곤이 제대로 된 반응조차 못하고 두 눈만 끔뻑였다.

자신의 모든 힘을 담아 사용한 금단의 힘이 일말의 타격조차 주지 못했다는 것을 믿을 수 없었기 때문이었다.

그러던 그때, 신운이 진각을 박찼다.

쿠웅!

거대한 굉음과 함께 신운은 아크 드래곤의 눈앞에 도착했다.

'아!'

아크 드래곤이 그제야 제정신을 차리고 또 다른 10서클 마법을 준비했지만.

서걱!

"어딜."

"끄아아아아!"

그보다 유신운이 회월을 휘두르는 속도가 한참이나 빨랐다.

수백 개의 방어 마법을 덕지덕지 바른 용신(龍身)이었지만, 강기조차 두르지 않은 검격에 오른쪽 팔부터 어깻죽지까지가 그대로 잘려 나갔다.

　아크 드래곤은 생전 처음 느껴보는 극통을 겨우 참아 내며 재생(再生) 마법을 사용했지만.

　'무……슨?'

　회월의 검날에 무슨 힘의 작용이 있는지, 검에 맞닿은 모든 부위가 마력 회로가 무력화되어 있었다.

　단 일격에 마법을 봉인시켜 버린 것이다.

　쐐애액!

　콰르르르!

　아크 드래곤의 거체가 추욱 늘어졌다.

　마력 회로가 끊기며 비행 마법마저 해제된 것이다.

　그의 몸을 지탱하고 있는 것은 날개 하나를 움켜쥐고 있는 신운의 손이었다.

　후욱!

　"……!"

　그때, 신운이 한 손으로 아크 드래곤의 거체를 높이 던져 올렸다.

　"올려다보게 하지 말고."

　그러고는 떨어져 내리는 아크 드래곤의 얼굴에.

　퍼억!

콰가가가!

"내려가서 처박혀 있어, 도마뱀 새끼야!"

강대한 힘을 담은 주먹 한 방을 선사했다.

아크 드래곤이 모든 힘을 잃고 엄청난 속도로 지면에 추락했다.

콰르르르!

콰아아앙-!

어찌나 주먹에 실린 힘이 파괴적이었는지, 아크 드래곤이 내리꽂힌 지면에 엄청난 크기의 크레이터가 생겨 있었다.

처척!

곧 신운이 허공에서 지면으로 착지했다.

"끄, 끄그! 끄웨에엑!"

아크 드래곤이 입에서 용혈을 토해 냈다.

그는 천천히 다가오는 신운을 피하려 했지만.

"……!"

지금 자신에게는 날아갈 날개도, 기어갈 다리도, 지탱할 손도…… 사지의 아무 것도 존재하지 않는다는 것을 뒤늦게 알아차렸다.

추락의 충격에 사지가 갈가리 찢겨져 나간 것이었다.

남은 몸뚱이도 성한 곳이 하나도 없었다.

"그륵, 그극…….."

말을 내뱉고 싶었지만, 입에 가득 담긴 핏물 때문에 제대로 말이 나오지를 않았다.

그 처절한 웅얼거림을 들은 신운이 한쪽 입꼬리를 비릿하게 올리며 말했다.

"어떻게 10서클 마법을 해치웠냐고?"

"……!"

"뭐, 간단한 논리야."

신운이 천천히 녀석에게 다가갔다.

그러고는 절망한 아크 드래곤에게 친절히 답을 말해 주었다.

"반신(半神)의 영역의 마법을 쏟아낸다고, 온전한 신(神)을 잡을 수 있을 리가 없잖아?"

"……!"

신격(神格).

자신이 스스로의 세계조차 멸하며 얻고 싶었던 그 힘.

하지만 온전한 균열석이 아니라 얻지 못했다고 생각하며 안타까워하던 그 자리를.

상대는 반쪽짜리 균열석으로도 올라선 것이었다.

아크 드래곤의 눈동자에서 끝내 희망의 빛이 사라졌다.

"죽……라."

"죽여 달라고? 쯔쯔, 아니지."

목숨을 끊어 달라 요청하는 아크 드래곤에게 신운이 혀를 찼다.

그리고는 얼음장처럼 차가운 목소리로 속삭였다.

"그렇게 쉬운 길을 선택하게 해 줄 리가 없지."

쐐애액!

콰드득!

"……!"

말을 마친 신운이 아크 드래곤의 흉부로 손을 꽂아 넣었다.

우우우!

우우우웅!

그러고는 자신의 기운을 아크 드래곤의 내부로 흘려 넣었다.

신운의 기운은 폭군처럼 미쳐 날뛰며 아크 드래곤의 내부에 있는 모든 것들을 박살을 내 놓았다.

아크 드래곤의 귀가 닫히고, 눈이 감기며 천천히 그의 감각이 하나둘씩 빠르게 사라지고 있었다.

그리고 결국.

남은 감각은 단 하나, 통증을 느끼는 통각뿐이었다.

콰득!

"균열석은 가져가마."

마지막으로 녀석이 삼킨 반쪽짜리 균열석을 회수한 유신운은 회월을 들어 올렸다.

서걱!

허공을 베어 내자 또다시 차원의 틈이 벌어졌다.

틈새로 비치는 곳은 또 다른 차원이었다.

멸망한 세계의 윤곽이 보였다.

다름 아닌 아크 드래곤이 처음으로 멸망시킨 본인의 세계였다.

"즐거울 거다. 억겁의 세월 동안 고통받게 될 테니까."

유신운은 먼저 소환진을 꺼내 족속으로 받아들인 타계의 사령수들을 멸망한 세계 속으로 넣었다.

영생을 사는 간수인 이들은, 끝없는 세월 동안 아크 드래곤의 영혼과 육신을 파괴시킬 것이다.

"그만 꺼져라."

콰앙!

신운이 다시 한번, 녀석을 발로 차 버렸다.

아크 드래곤의 육신이 쓰레기처럼 지면을 나뒹굴다가 차원의 틈으로 들어갔다.

광오하게 신을 꿈꿨던 드래곤의 너무도 볼품없고 비참한 최후였다.

전생의 여조규, 무림의 혈교주.

두 개의 복수를 끝마친 신운은 빠르게 다음 목표로 넘어

갔다.

'이제 남은 건 하나뿐.'

신운이 천천히 궁의 내부로 돌아갔다.

우우웅!

우웅!

그가 발을 디딘 순간, 균열석을 담고 있던 비석이 미친 듯이 공명음을 쏟아 내기 시작했다.

마치 신운이 한 손에 들고 있는 아크 드래곤의 균열석을 자신에게 돌려 달라고 애원하는 듯한 소리였다.

"진정해, 그렇게 난리치지 않아도 돌려줄 거니까. 하지만……."

신운이 허공에 아크 드래곤에게서 빼앗은 균열석을 올려놓았다.

반쪽짜리 균열석에서 강대한 빛줄기가 뿜어져 나오기 시작했다.

"딱 하나만 하고 말이야."

신운은 곧바로 무림의 유일랑을 소생시키기 위한 의식으로 넘어갔다.

촤아아!

그때, 또 다른 차원의 균열에서 그가 구했던 소년 일랑이 나타났다.

신운은 가볍게 손을 뻗었다.

좌아아아!

그와 동시에 신운의 인도로 일랑의 육신에서 검은 빛무리가 빠져 나왔다.

이 세계의 일랑에 의탁하고 있던 무림 속 일랑의 영(靈)이었다.

엘더 드래곤이 행한 공격에서 겨우 살아남은 영의 파편이 틈새로 넘어가, 법칙에 이끌려 이 세계의 자신의 몸속으로 스며들어 있었던 것이다.

'이제 세계에 버림받지 않은 새 삶을 살 수 있을 거다. 부디 행복해라.'

좌아아아!

이제 현생의 세계선(世界線)이 이레귤러로 측정하지 않을 걸 확신한 신운이 소년을 본래의 세계로 되돌려 보냈다.

파스스!

숙주를 잃은 일랑의 영이 빠르게 빛을 잃어 가고 있었다.

이제 소생시키려면 균열석으로 새로운 육신을 만들어 내야 했다.

남은 것은 자신의 균열석을 꺼내는 것뿐이었다.

신운은 알고 있었다.

균열석을 꺼내는 순간, 신운이 얻은 신격은 모래알처럼 사라지리라는 것을.

좌아아!

파앗!

하지만 그는 한 치의 망설임도 없었다.

'이따위 돌이 없어도 난 다시 오를 수 있어!'

촤아아아!

파아앗!

황홀한 빛줄기와 함께 신운의 체내에서 균열석이 제거되었다.

그와 동시에 신운의 신격이 신기루처럼 사라졌다.

콰르르르!

우우웅!

허공에서 두 개의 반쪽짜리 균열석이 하나로 합쳐지고 있었다.

"......!"

신격을 잃은 신운에게, 균열석에서 쏟아지기 시작한 파동은 엄청난 고통을 선사했다.

하지만 조금의 신음도 내지 않으며 신운은 고통을 끝까지 참아 냈다.

그러고는 흐트러지는 정신을 부여잡은 채 완성된 균열석에 유신운이 명령했다.

'살려 내.'

자신을 위해 아낌없이 목숨을 희생한 한 사람을 살려 내라고.

신격을 잃은 한낱 필멸자의 명이었지만.

좌아아!

파아앗!

균열석은 자신의 힘을 온전히 발휘했다.

'후우.'

더 이상 버틸 힘이 없었다.

처척.

허물어지는 신운을, 누군가가 부축했다.

천천히 고개를 덜어 상대를 확인한 신운이 이전에는 결코 본 적 없던 환한 미소를 지어 보였다.

처음 보는 살아 숨 쉬는 유일랑, 아니 영감님이 자신을 흐뭇한 눈으로 바라보고 있었다.

좌아아아!

그때, 신운의 몸이 환한 빛으로 물들며 사라지기 시작했다.

신격을 잃은 신운은 파수꾼만이 존재할 수 있는 이곳에 있을 수 없었던 것이다.

너무나도 짧은 재회였다.

하지만 두 사람 모두 조금도 슬퍼하지 않았다.


-기다리고 있으마, 지랄맞은 손자야.

-기다리고 있으슈. 지랄맞은 할아버지.

언젠가 분명히 다시 만날 것을 알고 있었으니까.

～

"이제 우리는 청천맹은 탈퇴하겠다!"

"검신(劍神) 유신운이 없는 청천맹은 빈껍데기일 뿐!"

"이제 우리를 구속하지 마라!"

청천맹의 본단 앞에 모인 수많은 이들이 시위를 벌이고 있었다.

대전쟁 이후 10년.

강산이 변하는 세월 동안 사람들의 마음마저 바뀌어 있었다.

혈교라는 공통의 적으로 똘똘 뭉쳤던 정사마(正邪魔)가 이제 또다시 각자의 이득을 위해 분열을 시작한 것이다.

청천맹의 성벽 위에서 청천맹의 총군사, 제갈군이 자리에 모인 모든 이들에게 말을 꺼냈다.

"아직 전쟁을 겪고 10년도 채 지나지 않았소이다. 이권을 위해 단체로 탈퇴한다는 것이 대체 말이 되는 일이오!"

"흥! 입발림 말고 얼른 우리의 요구나 들……!"

사내의 말은 채 완성되지 못했다.

콰가가!

퍼어엉!

"뭐, 뭐야?"

갑자기 시위대의 뒤편에서 폭벽탄이 터지는 것 같은 거대한 폭음이 울려 퍼졌기 때문이었다.

뒤를 돌아본 사내는 깜짝 놀랄 수밖에 없었다. 자신과 뜻을 함께한 사람들이 하늘을 날고 있었기 때문이었다.

그러던 그때, 갑자기 사내의 눈앞에 의문인이 모습을 드러냈다.

"이 자식들이 뭔데 남의 집 앞마당을 이렇게 처막고 있어?"

"네놈은 뭔, 크억!"

의문인은 대답할 새도 주지 않고 절정의 고수인 그를 다른 이들처럼 하늘 높이 던져버렸다.

"무, 무슨 일이야!"

"싸움이 시작된 건가!"

"흐읍!"

난데없는 폭음에 순식간에 모여든 청천맹의 모든 이들이 의문인을 바라보며 경악을 금치 못하고 있던 그때.

"다녀왔다."

돌아온 유신운이 오랫동안 자신을 기다린 가족들을 향해 반갑게 손을 흔들고 있었다.

《무림세가 전생랭커》 마칩니다

# 사상 최강의 양손투수

RAS 스포츠 장편소설

**천둥 같은 좌완 파이어볼러
지진 같은 우완 언더핸드
양어깨로 펼쳐 내는 불꽃 컬래버레이션!**

30대 중반 데뷔, 3회 연속 사이 영상 수상
대기록의 소유자, 불굴의 천재
그러나 마음속 한구석에 꿈틀거리는 거대한 아쉬움

조금만 더 일찍 도전했더라면……

미련의 절정에서 19세로 회귀했다?
이제 양어깨에 양키스의 명운을 진 채
다시 한번 로열로드를 걸어간다!

**믿어라, 그리하면 신이 강림할지니
스위치 피처 김신金信의 투수신投手神 등극기!**

# 꿈의 도약, 로크에서 하십시오
## (주)로크미디어에서 신인 작가를 모십니다

즐거운 세상, 로크미디어는 꿈을 사랑하고 도전을 두려워하지 않는 작가 분들의 참신한 작품을 기다리고 있습니다. 21세기 장르 문학계를 이끌어 갈 차세대 선두 주자 (주)로크미디어에서 여러분의 나래를 활짝 펴 보시길 바랍니다.

**모집 분야** 판타지와 무협을 포함한 장르 문학
**모집 대상** 아마추어 작가, 인터넷 작가
**모집 기한** 수시 모집
### 작품 접수 시 유의 사항
    1. 파일명은 작가명_작품명.hwp형식을 갖춰 주십시오.
    1. 파일에 들어갈 내용은 다음과 같습니다.
        — 성명(필명인 경우 실명을 밝혀 주세요), 연락처, 이메일 주소
        — 제목, 기획 의도
        — A4용지 1장 분량의 등장인물 소개
        — A4용지 2장 분량의 전체 줄거리
        — 본문
    1. 작품이 인터넷에 연재되고 있다면, 게시판명과 사이트의 구체적이고 정확한 주소를 기재해 주십시오.

선택된 작품은 정식 계약 후 출판물로 간행되어 전국 서점에 유통됩니다.
작가 분은 (주)로크미디어의 전폭적인 지원하에 전속 작가로 활동하시게 됩니다.
※ 자세한 내용은 로크미디어 홈페이지(rokmedia.com)를 참조하세요.

**(04167)서울시 마포구 마포대로 45 일진빌딩 6층**
**(주)로크미디어 편집부 신간 기획 담당자 앞**
**전화 : 02) 3273-5135**
**www.rokmedia.com    이메일 : rokmedia@empas.com**